WALT DISNEY PICTURES PRESENTS

ライアンを探《さが》せ!

アイリーン・トリンブル 作
しぶや まさこ 訳

THE WILD

Adapted from the film by Irene Trimble

Originally published by Random House, Inc., New York 2006

目《もく》次《じ》

おもな登場《とうじょう》キャラクター
CHARACTERS

ライアン
Ryan

サムソンの息子《むすこ》。お父《とう》さんのようにりっぱなライオンになりたいのに、力強《ちからづよ》い声《こえ》でほえられないのが悩《なや》み。

MISSING

ライアンを一緒《いっしょ》に探《さが》してください!

サムソン
Samson

強《つよ》くたくましいライオンとして、動物園《どうぶつえん》の人気《にんき》もの。息子《むすこ》のライアンを、早《はや》く一人前《いちにんまえ》にしたいとねがっている。

THE WILD

ナイジェル
Nigel

動物園《どうぶつえん》のアイドルのコアラ。でも、さわがれるのはきらい。

ベニー
Benny

ニューヨークの街《まち》で暮《く》らすリス。サムソンの親友《しんゆう》。

ナイジェル人形《にんぎょう》
Nigel doll

動物園《どうぶつえん》の売店《ばいてん》で大人《だいにん》気コアラのぬいぐるみ。

ラリー
Larry

大蛇《だいじゃ》のくせに気《き》が弱《よわ》い。お調子《ちょうし》もので、のんびりやさん。

ブリジット
Bridget

しっかりもののキリン。リスのベニーのあこがれのマドンナ。

イーズ(左)とデューク(右)
Eze and Duke

ライアンの友《とも》だちの
カバとカンガルー。

カーマイン(左)とスタン(右)
Carmine and Stan

ニューヨークの下水道《げすいどう》
に住《す》んでいるワニ。

ハミール
Hamir

ギャンブルの大好《だいす》
きなハト。

カナダガン
The Canadian Geese

海《うみ》の上《うえ》で、サムソンたち
の案内《あんない》をする。

ペンギン・チーム
The Penguins

カーリング大会《たいかい》での、サム
ソン・チームの対戦相手《たいせんあいて》。

THE WILD

カザール
Kazar

火山島《かざんとう》に住《す》んでいる
ヌーのリーダー。

ブラッグ
Blag

ヌーのカザールに
仕《つか》える忠実《ちゅうじつ》な部下《ぶか》。

クローク(左)とカモ(右)
Cloak and Camo

カメレオン。性格《せいかく》が正《せい》
反対《はんたい》のスパイ・コンビ。

イワダヌキ
The Rock Hyrax

火山島《かざんとう》のジャング
ルに住《す》んでいる。

勇気《ゆうき》と冒険《ぼうけん》の物語《ものがたり》

ライアンを探《さが》せ！

百獣《ひゃくじゅう》の王《おう》、サムソンは、動物園《どうぶつえん》の人気《にんき》もの。若《わか》いころアフリカの草原《そうげん》で獲物《えもの》を追《お》いつめた武勇伝《ぶゆうでん》を、今日《きょう》も息子《むすこ》のライアンにきかせる。

動物園《どうぶつえん》のカーリング大会《たいかい》。サムソンのチームは、5回連続優勝《かいれんぞくゆうしょう》がかかっている。さあ、秘密作戦《ひみつさくせん》の実行《じっこう》だ。勝負《しょうはい》の行方《ゆくえ》はどうなる？

ネコみたいな声《こえ》でしかほえられないのが、ライアンの悩《なや》み。お父《とう》さんみたいに、強《つよ》くたくましいライオンになりたいのに……。

動物《どうぶつ》の輸送用《ゆそうよう》コンテナにかくれていたライアンが、トラックで運《はこ》ばれてしまった。サムソンは、なんとしても息子《むすこ》をさがそうと決意《けつい》する。

サムソンと仲間《なかま》は、ごみ収集車《しゅうしゅうしゃ》に乗《の》って動物園《どうぶつえん》から脱出《だっしゅつ》。はじめて見《み》るニューヨークの街《まち》に、動物《どうぶつ》たちはびっくり。目《め》をまるくする。

野良犬《のらいぬ》におそわれたり、下水道《げすいどう》でワニと出会《であ》ったり、大都会《だいとかい》は危険《きけん》がいっぱい。なんとかぶじに切《き》りぬけ、やっとめざす港《みなと》に着《つ》いた。

ライアンを乗《の》せた船《ふね》が、目《め》の前《まえ》で出航《しゅっこう》してしまった。親切《しんせつ》なカナダガンが案内役《あんないやく》をひきうけてくれて、みんなも船《ふね》で追《お》いかけていく。

サムソンたちは、南《みなみ》の島《しま》に到着《とうちゃく》。せっかくライアンを見《み》つけたのに、ライアンは気《き》づかないで、ジャングルの奥《おく》に逃《に》げこんでしまった。

サムソンはイワダヌキを食《た》べることができず、野生《やせい》のライオンでないことがばれてしまう。仲間《なかま》をおいて、ひとりでライアンをさがしに行《い》く。

コアラのナイジェルは、ヌーにさらわれ、かくれ家《が》につれていかれる。そこで大歓迎《だいかんげい》を受《う》け、なぜだかヌーの王《おう》さまにされてしまう。

次々《つぎつぎ》に色《いろ》を変《か》える木《き》や岩《いわ》にみちびかれ、サムソンはジャングルをすすんでいく。「この道《みち》を行《い》けば、ライアンに会《あ》える」と信《しん》じて。

サムソンは、ついにライアンと再会《さいかい》。自分《じぶん》が野生育《やせいそだ》ちでないことを、うちあける。あの武勇伝《ぶゆうでん》はうそだったの？ ライアンはショックをうける。

キリンのブリジットとヘビのラリーも、ヌーにつかまってしまう。
ヌーの王《おう》さまになっていばっているナイジェルを見《み》て、びっくりする。

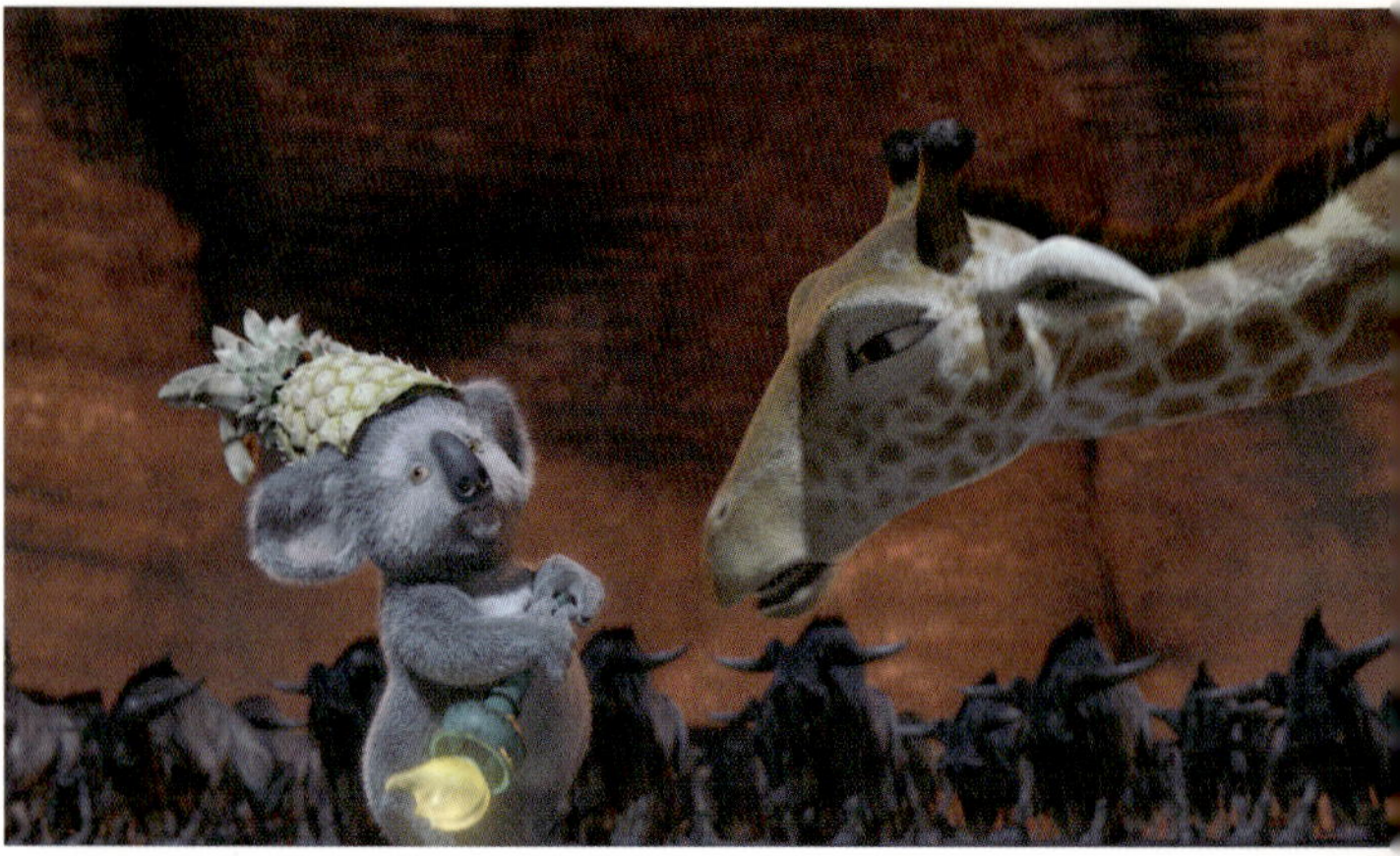

ヌーの大群《たいぐん》にかこまれ、絶体絶命《ぜったいぜつめい》のピンチ！　命《いのち》がけでたたかうサムソンに、ライアンは感動《かんどう》する。「パパは世界一《せかいいち》のライオンだ！」

Walt Disney
PICTURES PRESENTS
THE
WILD

NY
ZOO

1　サムソンとライアン親子《おやこ》

砂《すな》ぼこりをまきあげて、ヌーの群《む》れが逃《に》げていく。ひづめの音《おと》が、大地《だいち》をゆるがす。何十頭《なんとう》、いや、百頭《とう》はいるだろうか。そのヌーの大群《たいぐん》を追《お》いかけているのは、わずか一頭《とう》のライオンだ。はえそろったばかりのたてがみを風《かぜ》になびかせ、矢《や》のように草原《そうげん》をかけていく。

ライオンの名《な》は、サムソン。まだ若《わか》いながらも、狩《か》りの実力《じつりょく》ではだれにも負《ま》けない。なにしろサムソンを見《み》かけただけで、百頭近《とうちか》くものヌーがいっせいに逃《に》げだすのだ。どれほどおそれられているか、わかるだろう。

サムソンはあっというまに、ヌーをうまく谷間《たにま》に追《お》いこんだ。もうもうたる砂《すな》ぼこりが、あたりをつつむ。

つかまえたぞ！　サムソンは、舌《した》なめずりをした。が、砂《すな》ぼこりが晴《は》れた瞬間《しゅんかん》、目《め》を見《み》はった。なんと、周囲《しゅうい》をぐるりとヌーの大群《たいぐん》にかこまれているではないか。

「しまった！　そう思《おも》った。ヌーをつかまえたつもりが、ぎゃくにやられてしまったんだ。」

そういって、サムソンは顔《かお》をしかめた。若《わか》かったころの武勇伝《ぶゆうでん》を、息子《むすこ》のライアンに話《はな》してきかせているところだった。

夏《なつ》の昼《ひる》さがり。やけどしそうに熱《あつ》い岩《いわ》の上《うえ》に、二頭《とう》のライオンは寝《ね》そべっていた。かわいた地面《じめん》から立《た》ちのぼるかげろうに、草《くさ》や木《き》がゆらめいている。サムソンはすっくと立《た》ちあがると、けわしい目《め》でじっと遠《とお》くを見《み》つめた。がっしりとたくましい体《からだ》といい、りっぱなたてがみといい、まさに百獣《ひゃくじゅう》の王《おう》にふさわしい貫禄《かんろく》に満《み》ちている。

そのかたわらの、まだたてがみもはえていない小《ちい》さなライオンが、息子《むすこ》のライアンだ。ライアンは、目《め》をかがやかせてお父《とう》さんを見《み》ている。自分《じぶん》もアフリカの草原《そうげん》で、お父《とう》さんといっしょにヌーを追《お》いかけている気分《きぶん》になっていたのだ。

お父《とう》さんが若《わか》かったころの武勇伝《ぶゆうでん》をきくのが、ライアンは大《だい》すきだった。なかでもいちばんすきなのが、ヌーを追《お》いつめたときの話《はなし》だ。

ヌーは、大《おお》きくまがった角《つの》をもつ、ウシとカモシカを合《あ》わせたような動物《どうぶつ》だ。体《からだ》の大《おお》きさでは、おとなのライオンに負《ま》けていない。そんなヌーの大群《たいぐん》を、まだ若《わか》かったお父《とう》さんがたった一頭《とう》で追《お》いつめた話《はなし》をきくたび、ライアンは胸《むね》を高鳴《たかな》らせた。父《ちち》サムソンは、ライアンのほこりだった。

「で、パパ、ヌーにかこまれて、それからどうしたの？」

ライアンは、話《はなし》のつづきをせがんだ。

「それから？　ほえてやったさ、ヌーのやつらに。こんなふうにな。」

ウォー！

サムソンは、大地《だいち》がくだけ散《ち》るほどの大声《おおごえ》をとどろかせた。ライアンは思《おも》わず耳《みみ》をふさいだ。こんな声《こえ》をきかされたら、ヌーたちもドミノのように、バタバタたおれていったにちがいない。

「それでおしまい？」

ライアンは、さらに話《はなし》のつづきをせがんだ。

「それでおしまいだと、わたしだって思《おも》ったさ。」

そういって、サムソンはにやりと笑《わら》った。

「そのときだ、秘密兵器《ひみつへいき》ともいうべきヌーが登場《とうじょう》したのは。」

サムソンとライアンは岩《いわ》からとびおりると、草《くさ》むらの中《なか》でしゃがんだ。草《くさ》のかげから注意深《ちゅういぶか》く前《まえ》を見《み》つめ、サムソンは話《はなし》をつづけた。

「そのヌーは、とてつもなく大《おお》きかった。あんなにでかいヌーは、見《み》たことがなかった。」

何度《なんど》もきかされた話《はなし》だったが、ライアンはじっと耳《みみ》をすました。

「なにしろそいつは、四メートル以上《いじょう》もあったんだ。」

「四メートル以上《いじょう》？」

ライアンの耳《みみ》が、ぴんと立《た》った。あれれ、このあいだの話《はなし》とちがうぞ。ライアンの表情《ひょうじょう》に気《き》づいて、サムソンはいそいでいいなおした。

「いや、四百メートル以上《いじょう》のまちがいだった。それに、そのヌーの角《つの》ときたら。いやはや、あんな巨大《きょだい》な角《つの》は見《み》たこともない。そいつが二本《ほん》、いや、四本《ほん》もはえていたんだ。」

ライアンは目《め》をまるくして、お父《とう》さんの話《はなし》をきいた。なんでも、そのヌーが息《いき》をはくだけで、草原《そうげん》が火事《かじ》になってしまうというのだ。

「こいつに勝《か》つには、思《おも》いっきり大声《おおごえ》でほえなくてはならなかった。そこでわたしは、深々《ふかぶか》と息《いき》をすった。腹《はら》の底《そこ》までいっぱいに……。」

さあ、パパご自慢《じまん》のほえ声《ごえ》の出番《でばん》だぞ。ライアンは、自分《じぶん》も思《おも》いきり息《いき》をすいこむと、元気《げんき》よくいった。

「パパ、ぼくの準備《じゅんび》はできた。ぼくもやってみるよ！」

「よーし、敵《てき》をこらしめてやれ！　ほえろ、息子《むすこ》よ！」

サムソンにはげまされ、ライアンは草《くさ》むらからとびだした。今日《きょう》こそライオンらしくほえて、パパにほめてもらうぞ。頭《あたま》をぐいとのけぞらせ、口《くち》をあけた。

ミャオー！

ライオンの檻《おり》の外《そと》にいた見物客《けんぶつきゃく》が、ライアンを指《ゆび》さして笑《わら》った。だまれ！　サムソンは息子《むすこ》をばかにした連中《れんちゅう》にむかい、獰猛《どうもう》な声《こえ》でほえたてた。

ウォー！

そのおそろしい声《こえ》に、檻《おり》のまわりは一瞬《いっしゅん》、しずまりかえった。が、すぐに見物客《けんぶつきゃく》のあいだから拍手《はくしゅ》がわいた。カメラのシャッターを切《き》る音《おと》が、あちこちでひびいた。

ここはアメリカ、ニューヨーク市《し》にある動物園《どうぶつえん》。アフリカのサバンナを思《おも》わせる木《き》や草《くさ》のおいしげった檻《おり》の中《なか》に、サムソン親子《おやこ》はいた。野生《やせい》の獰猛《どうもう》なライオン、サムソンは、動物園《どうぶつえん》の人気《にんき》スターだった。

ライアンは、しょんぼりとうなだれた。

あーあ、今日《きょう》こそうまくほえられると思《おも》ったのに、やっぱりだめだった。どうしてぼくって、できが悪《わる》いんだろう？　生《う》まれたときからずっと動物園《どうぶつえん》にいるせいかな？　パパは、こんなにりっぱなライオンなのに。

ライアンは、がっかりした顔《かお》で、お父《とう》さんを見《み》あげた。

「いつもこうなんだ。パパのほえる声《こえ》は、ヌーの群《む》れをこわがらせるのに。ぼくがほえると、人間《にんげん》の赤《あか》ちゃんが笑《わら》いだすんだ。」

「そう、しょげるな。ずいぶんよくなってきた。ほんとうだ。前《まえ》よりも一オクターブの半分《はんぶん》は、声《こえ》が低《ひく》くなってきた。思《おも》わず、ぞっとしたよ。」

サムソンは太《ふと》い前足《まえあし》をつきだすと、ライアンから見《み》えないようにして、足《あし》の毛《け》にふうっと息《いき》をふきかけた。

「ほら、見《み》てみろ。わたしの前足《まえあし》の毛《け》が、一本《ぽん》のこらずさかだっているぞ！」

ライアンは肩《かた》をすくめた。

「ほんとうだね、パパ。」

小《ちい》さな声《こえ》でいうと、お気《き》に入《い》りの木《き》にとぼとぼとむかった。お父《とう》さんにほめてもらうどころか、ぎゃくになぐさめられて、すっかり落《お》ちこんでしまったのだ。

サムソンは息子《むすこ》のあとを追《お》いかけると、

「もう一度《ど》、はじめからやってみろ。もうちょっとなんだから。」

息子《むすこ》のほほをひっぱって、口《くち》を大《おお》きくあけさせた。

「たぶん、ちょっとした技術《ぎじゅつ》の問題《もんだい》だ。口《くち》のあけかたが、まだ足《た》りないんだ。群《む》れのいちばんうしろのヌーにむかってほえるつもりで、やってみろ。」

ライアンは、お父《とう》さんから体《からだ》をはなした。

「だったら野生《やせい》の世界《せかい》につれてってよ。そんなにぼくを、ほえさせたいんだったら。」

サムソンは、ぎょっとした顔《かお》になった。

「まあ、それについては、よく考《かんが》えたほうがいい。ここでの暮《く》らしに不満《ふまん》はないんだから。食事《しょくじ》は一日《にち》三回《かい》もらえるし、仲間《なかま》と楽《たの》しくすごせるしな。」

「だから退屈《たいくつ》なんじゃないか。」

ライアンはお父《とう》さんに抗議《こうぎ》した。

「ここにいたんじゃ、どんなにがんばっても、一人前《いちにんまえ》にほえることができない。でもパパ、心配《しんぱい》しないで。ぼく、野生《やせい》の世界《せかい》に行《い》く方法《ほうほう》を、ついに見《み》つけたんだ。」

「なんだって？」

ライアンは、きらきらと目《め》をかがやかせた。

「ハトのハミールが教《おし》えてくれたんだ。動物園《どうぶつえん》のフェンスの外《そと》にある緑《みどり》の箱《はこ》に入《はい》れば、野生《やせい》の世界《せかい》に行《い》けるんだって！」

ライアンのいう緑《みどり》の箱《はこ》とは、動物《どうぶつ》の輸送《ゆそう》に使《つか》われる緑色《みどりいろ》のコンテナのことだ。

サムソンは、ため息《いき》をついた。

「ライアン、いいか。なかなかほえられないで、おまえがいらいらする気持《きも》ちはわかる。しかし、ライオンは声《こえ》でほえるんじゃない。どこでほえると思《おも》う？」

ライアンは前足《まえあし》で、自分《じぶん》の胸《むね》をたたいた。

「ここでしょ？」

サムソンが大《おお》きくうなずくと、ライアンはうんざりした口調《くちょう》でいった。

「声《こえ》じゃなくて心《こころ》でほえるって話《はなし》は、もうききあきたよ、パパ！」

そのとき、悲鳴《ひめい》がひびいた。女性《じょせい》の見物客《けんぶつきゃく》がハンドバッグをふりまわして、わめいている。

「きゃあ！　そこのネズミ、わたしの赤《あか》ちゃんに何《なに》をするの！」

ライオンの檻《おり》の外《そと》で、リスのベニーが、ベビーカーに乗《の》った赤《あか》ん坊《ぼう》の手《て》から何《なに》かをひったくっている。色《いろ》とりどりの玉《たま》が輪《わ》になったブレスレットだ。

「ネズミだって？」

むっとした顔《かお》で、ベニーは女《おんな》の人《ひと》を見《み》た。

「ネズミがこんなきらきらしたもの、ほしがるかい！」

そういって、手《て》にしたブレスレットをふりまわすと、バシッ！　女《おんな》の人《ひと》にハンドバッグでなぐられた。

ベニーの体《からだ》はふきとばされ、サムソンの鼻《はな》の穴《あな》の中《なか》に入《はい》ってしまった。

「ベニー。」

サムソンは鼻声《はなごえ》でいった。

「おまえ、赤《あか》ん坊《ぼう》のものをとったのか？」

ハックション！　サムソンがくしゃみをすると、鼻《はな》の穴《あな》からベニーがとびだした。

ライアンはあわてて、ベニーを前足《まえあし》で受《う》けとめた。

「やあ。」

ベニーはライアンを見《み》あげた。

「きみのほえる声《こえ》をきいたよ。なかなかよかった。低《ひく》い声《こえ》がだせるようになったじゃないか。前《まえ》よりも、えーと……オ、オク……。」

横《よこ》からサムソンが、ベニーにそっと耳打《みみう》ちした。

「一オクターブか？」

「そうそう、一オクターブも低《ひく》くなってた！　ところで、今夜《こんや》のカーリング大会《たいかい》に来《く》るだろう？　おれとサムソンのチームの連続優勝《れんぞくゆうしょう》がかかってるんだ。スケート・

リンクに応援《おうえん》に来《き》てくれるよな？」

「ぼくは、ほえることだってできやしないんだ。なのに、どうやって大声《おおごえ》で応援《おうえん》できるの？」

ライアンはベニーを地面《じめん》におろすと、お気《き》に入《い》りの木《き》にむかった。その元気《げんき》のないうしろすがたを、サムソンはじっと見《み》まもった。

「ライアンのほえ声《ごえ》が一オクターブさがったって、ほんとうにそう思《おも》うかい？」

サムソンはベニーにたずねた。半《はん》オクターブではなく、一オクターブもさがっていたのなら、こんなにうれしいことはない。

「もちろんさ。」

ベニーはそう答《こた》えて、友《とも》だちをよろこばせた。

「ところで一オクターブって、なんのこと？」

2　動物園《どうぶつえん》の仲間《なかま》たち

ライアンはすねてしまい、食事《しょくじ》の時間《じかん》になってても木《き》からおりてこなかった。

「いったい何《なに》がいけないのか、わたしにはわからないよ、ベニー。」

サムソンはえさの肉《にく》に食《く》いつきながら、ぼやいた。

「あいつときたら、いまだに声《こえ》がわりもしていない。ネコみたいに情《なさ》けない声《こえ》でしか、ほえられないんだ。」

そういって、サムソンはため息《いき》をついた。

ベニーは、ニューヨークの街《まち》で暮《く》らすリスだ。体《からだ》こそ小《ちい》さいが、大都会《だいとかい》で生《い》きているだけあって、知恵《ちえ》と勇気《ゆうき》にあふれている。動物園《どうぶつえん》にあそびに来《く》るうちに、なぜだかサムソンとすっかり気《き》が合《あ》い、なかよくなったのだ。

地面《じめん》に落《お》ちていたドングリをカリカリとかじりながら、ベニーは親友《しんゆう》にアドバイスをした。

「ライアンに期待《きたい》しすぎなんじゃないか？　アフリカでの武勇伝《ぶゆうでん》もそうさ。あの話《はなし》も、ライアンにはプレッシャーなんだよ。」

「ふん。ライアンはアフリカの武勇伝《ぶゆうでん》がお気《き》に入《い》りなんだぞ。話《はなし》をきくたび、勇気《ゆうき》づけられているんだ。」

「わかった、わかった。」

リスのベニーは、小《ちい》さな肩《かた》をすくめた。

サムソンは、早《はや》くライアンに一人前《いちにんまえ》になってもらいたかった。なんといってもライオンは、百獣《ひゃくじゅう》の王《おう》なのだ。ほかの動物《どうぶつ》たちから尊敬《そんけい》されるくらいに、強《つよ》くいさましくなくてはならない。ライアンを、みんなからおそれられるライオンに育《そだ》てること、それがサムソンの生《い》きがいだった。

だから、ライアンがうまくほえられなくても、しかったりはせずに、自分《じぶん》なりにはげましたつもりだったのだが……。

やがて、動物園《どうぶつえん》の閉園《へいえん》を告《つ》げるアナウンスの声《こえ》が流《なが》れた。

「お帰《かえ》りになる前《まえ》に、ぜひ売店《ばいてん》にお立《た》ちよりください。アメリカでいまいちばん人《にん》気《き》のあるコアラのナイジェル人形《にんぎょう》が、あなたをお待《ま》ちしています。では、気《き》をつけてお帰《かえ》りください。」

客《きゃく》たちは、ナイジェル人形《にんぎょう》をうれしそうにかかえて出口《でぐち》にむかっていく。サムソンとベニーはそれをながめ、ほっとため息《いき》をついた。やれやれ、やっと今日《きょう》もおわった。ベニーは首《くび》をのばして、きょろきょろとあたりを見《み》まわした。日《ひ》が暮《く》れてうす暗《ぐら》くなった空《そら》に、ニューヨークの摩天楼《まてんろう》の明《あ》かりが、きらきらかがやいている。

「ようやく、動物園《どうぶつえん》も動物《どうぶつ》だけの世界《せかい》になる。あと三分《ぷん》、二分《ふん》……。」

動物園《どうぶつえん》の職員《しょくいん》が門《もん》をしめるのを見《み》て、ベニーはさけんだ。

「やった、ショーのはじまりだ！」

ゾウが長《なが》い鼻《はな》をまっすぐ空《そら》にむけ、思《おも》いきり息《いき》をはきだした。

プァー！

その声《こえ》を合図《あいず》に、動物《どうぶつ》たちが続々《ぞくぞく》と檻《おり》からでてきた。さあ、待《ま》ちに待《ま》ったカーリング大会《たいかい》のはじまりだ。

今夜《こんや》は動物園《どうぶつえん》のチャンピオンを決《き》める、優勝決定戦《ゆうしょうけっていせん》がおこなわれる。サムソンのチームはこれまで四回優勝《かいゆうしょう》しており、はたして五回連続優勝《かいれんぞくゆうしょう》がなるかどうか。動物《どうぶつ》園《えん》じゅうの動物《どうぶつ》が注目《ちゅうもく》している。

サムソンのチームが優勝《ゆうしょう》かな？　いや、相手《あいて》のペンギン・チームはなかなか強《つよ》いぞ。動物《どうぶつ》たちは楽《たの》しそうにしゃべりながら、会場《かいじょう》のスケート・リンクにむかっていった。

ではここで、サムソン・チームの仲間《なかま》を紹介《しょうかい》しよう。

まるまると太《ふと》った体《からだ》が愛《あい》らしい、コアラのナイジェル。売店《ばいてん》でナイジェル人形《にんぎょう》が売《う》られるほどの人気《にんき》ものだが、かわいらしい見《み》かけとはちがい、ちょっぴりひねくれやでもある。

そして、体長《たいちょう》が六メートル以上《いじょう》もある大蛇《だいじゃ》のラリー。ナイジェルとは反対《はんたい》に、おそろしい見《み》かけのわりにはのんきで、気《き》のいいヘビだ。

チームでただ一頭《とう》のメスのブリジットは、長《なが》い足《あし》が自慢《じまん》のキリン。じつはリスのベニーは、しっかりもので美《うつく》しいブリジットにあこがれているのだが、いつも冷《つめ》たくされている。

今日《きょう》もベニーは、ブリジットを見《み》かけると、さっそくかけよった。

「きみにプレゼントだよ。きみの左足《ひだりあし》のひづめにどう？」

さっき赤《あか》ん坊《ぼう》からうばったおもちゃのブレスレットを、ベニーはいそいそとさしだした。

「それ、ごみ箱《ばこ》からひろってきたの？　とんでもない！」

ブリジットはきっぱりと、ことわった。

「ごみ箱《ばこ》からひろってきたんじゃない。これは、いわゆるリサイクルってやつさ。そのほうがずっと世《よ》の中《なか》のためだろう？」

ベニーのいいわけも、ブリジットには通《つう》じなかった。

「リサイクルだろうがなんだろうが、関係《かんけい》ないわ。ベニー、あたしはね、ボーイフレンドはもたない主義《しゅぎ》なの。」

ブリジットにいくら冷《つめ》たくされても、ベニーはへこたれなかった。

「すばらしい！　だったらおれが、ボーイフレンド第《だい》一号《ごう》に立候補《りっこうほ》するよ！」

ブリジットの返事《へんじ》は、そっけなかった。

「ベニー、自分《じぶん》の大《おお》きさを考《かんが》えたことがある？　あたしの二十分《ぶん》の一しかないのよ。そんな相手《あいて》とデートする動物《どうぶつ》がいると思《おも》う？」

そういって、ベニーの望《のぞ》みをうちくだいた。


ライオンの檻《おり》の前《まえ》で、サムソンは通《とお》りすぎる動物《どうぶつ》たちから声援《せいえん》を受《う》けていた。

「王者《おうじゃ》はあなたよ、サムソン！」

「ペンギンどもをやっつけてくれよ！」

サムソンは声《こえ》をかけられるたびに手《て》をふったり、握手《あくしゅ》をしたりと、いそがしかった。気分《きぶん》も最高《さいこう》に盛《も》りあがってきた。

「試合《しあい》に勝《か》つのは、このサムソンだ！」

サムソンは、大声《おおごえ》でさけんだ。

ライアンは、まだ木《き》からおりてこない。すねたままだ。けれど、サムソンは心《しん》配《ぱい》していなかった。なに、試《し》合《あい》になればおりてくるさ。なにしろ、このサムソン・チームの五回連続優勝《かいれんぞくゆうしょう》がかかっているのだ。息子《むすこ》が応援《おうえん》に来《こ》ないわけがない。

サムソンは木《き》を見《み》あげ、ライアンに声《こえ》をかけた。

「おーい、ひと足先《あしさき》に、スケート・リンクに行《い》っているぞ。向《む》こうで会《あ》おう。いいな？　おまえの応援《おうえん》がないと、試《し》合《あい》にならん。なんといっても、おまえほど熱烈《ねつれつ》なファンはいないからな。」

だが、返事《へんじ》はなかった。ライアンは、くよくよと考《かん》えていたのだ。

パパのように、りっぱなライオンになりたい。でも、どんなにがんばってもむりだ。どうせ、パパみたいになれっこないんだ。ぼくはどうなるんだろう？　動物園《どうぶつえん》のライオンのまま、一生《いっしょう》をすごすのかな？

「ライアン、今日《きょう》の午後《ごご》のことは……。」

サムソンがいいかけると、ライアンはさえぎった。

「パパ！　だいじょうぶ。試合《しあい》はちゃんと見《み》に行《い》くから。わかった？」

「よし。では、あとで会《あ》おう。」

サムソンはほかの動物《どうぶつ》たちといっしょに、スケート・リンクにむかっていった。

ライアンは、ますます気分《きぶん》が重《おも》くなってきた。ぼくって、なんていやなやつなんだろう。せっかくパパのだいじな試合《しあい》なのに……。

「おーい！　ライアン！　おーい！」

木《き》の下《した》から、呼《よ》ぶ声《こえ》がする。だれの声《こえ》か、ライアンにはすぐわかった。

「イーズ！　デューク！」

カバのイーズに、カンガルーのデューク。ライアンのなかよしの動物《どうぶつ》たちだ。友《とも》だちの声《こえ》をきいて、さっきまでふさいでいた気分《きぶん》が、ぱっと明《あか》るくなった。

「みんなが試合《しあい》を見《み》に行《い》っているあいだ、ぼくたち狩《か》りをしようと思《おも》うんだけど、

きみも行《い》く?」

デュークにきかれ、ライアンは木《き》の枝《えだ》からちらりと下《した》を見《み》た。お父《とう》さんは堂々《どうどう》とした足《あし》どりで、スケート・リンクにむかっている。サムソンのすがたを見《み》ると、ほかの動物《どうぶつ》たちは、さっと道《みち》をゆずった。さすが、百獣《ひゃくじゅう》の王《おう》だ。

「うん、行《い》く。待《ま》ってて。いま、おりていくよ。」

ライアンはいそいで木《き》からおりた。

応援《おうえん》の約束《やくそく》なんか、かまうものか。ぼくが行《い》かなくても、パパには応援《おうえん》してくれるファンがいっぱいいる。パパは動物園《どうぶつえん》の王者《おうじゃ》なのだから。ぼくなんか、いてもいなくても、どうでもいいんだ。

3　大混乱《だいこんらん》のカーリング大会《たいかい》

カーリング大会《たいかい》の会場《かいじょう》となるスケート・リンクは、動物園《どうぶつえん》の中央《ちゅうおう》にある。いつもならひんやりとすずしくて、夏《なつ》の暑《あつ》さをわすれさせてくれる場所《ばしょ》なのだが、今夜《こんや》はちがう。観客席《かんきゃくせき》はぎっしり満員《まんいん》で、場内《じょうない》はものすごい熱気《ねっき》につつまれている。

カーリングとは、氷《こおり》の上《うえ》に描《えが》かれた赤《あか》い円《えん》をめがけて石《いし》を投《な》げるスポーツのことだ。一回《かい》ごとに各《かく》チームが交代《こうたい》で石《いし》を投《な》げあう。円《えん》の中心《ちゅうしん》にいちばん石《いし》を近《ちか》づけたチームがその回《かい》の得点《とくてん》をもらえ、最終回《さいしゅうかい》までの得点《とくてん》の合計《ごうけい》で、勝敗《しょうはい》が決《き》まる。

ただしサムソンたち動物《どうぶつ》は、石《いし》のかわりにカメを投《な》げあう。そこがいかにも動物《どうぶつ》園《えん》らしいところだ。

蝶《ちょう》ネクタイをつけたアナウンサー役《やく》のペンギンが、マイクをにぎりしめ、声《こえ》をはりあげた。

「みなさん、いよいよ試合《しあい》は最終回《さいしゅうかい》に突入《とつにゅう》しました。ここまでリードしているのは、ペンギン・チームです！」

サムソン・チームはなんと、負《ま》けていたのだ。思《おも》いがけない苦《くる》しい戦《たたか》いに、チームのみんなは、ベンチ前《まえ》でしょんぼりとしていた。

「さあ、ペンギン・チームの勝利《しょうり》が見《み》えてきました！」

アナウンサーが絶叫《ぜっきょう》した。それをきくと、キリンのブリジット、ヘビのラリー、コアラのナイジェル、リスのベニーは、さらにがっくりと肩《かた》を落《お》とした。

「勝利《しょうり》が見《み》えてきただと？　それはこっちのセリフだ。そうだろ、みんな？」

サムソンは大声《おおごえ》でうなった。けれど、返事《へんじ》はない。どの顔《かお》も自信《じしん》がなさそうだった。仲間《なかま》の顔《かお》を見《み》まわし、サムソンは気合《きあい》を入《い》れた。

「いいか。試合《しあい》に集中《しゅうちゅう》しろ！　集中《しゅうちゅう》していれば、負《ま》けるはずがない。」

けれどいちばん集中《しゅうちゅう》していないのは、当《とう》のサムソンだった。みんなに注意《ちゅうい》をしながらも、きょろきょろと観客席《かんきゃくせき》を見《み》ている。息子《むすこ》のライアンは、まだ来《き》ていない。それが気《き》になっているのだ。サムソンは、仲間《なかま》にたずねた。

「だれか、ライアンを見《み》なかったか？」

ヘビのラリーがむじゃきにいった。

「ライアンなら、きっとすねてるのさ。ネコみたいな声《こえ》でしか、ほえられないから。」

サムソンはそれをきいて、ますますライアンのことが心配《しんぱい》になってきた。

「ナイジェル、あたしのお人形《にんぎょう》にサインしてくれる？」

コアラのナイジェルがふりむくと、観客席《かんきゃくせき》にいたメスのサルが、ナイジェル人形《にんぎょう》をさしだした。

あたしも！　あたしも！　たちまち、ずらりとサルの行列《ぎょうれつ》ができた。みんな、ナイジェル人形《にんぎょう》をだいじそうにかかえている。

「ウッ！　かんべんしてよ。」

ナイジェルはうめいた。どこに行《い》ってもキャーキャーさわがれるのに、うんざりしていたのだ。ナイジェル人形《にんぎょう》なんか、見《み》たくもなかった。

サルたちが人形《にんぎょう》の背中《せなか》についているひもをひっぱると、歌声《うたごえ》が流《なが》れてきた。

『ぼくはとってもキュートなコアラ。きみが大《だい》すき。』

「あなたはとってもキュートなコアラ。あなたが大《だい》すきよ！」

サルたちはナイジェルを指《ゆび》さしながら、人形《にんぎょう》といっしょに声《こえ》をそろえてうたった。

ナイジェルは、もうがまんできなかった。

「よしてくれ！　ぼくはかわいくなんかない。とっても凶暴《きょうぼう》な、ジャングルの動物《どうぶつ》なんだ。ほんとは、こわいんだぞ！」

いくら抗議《こうぎ》しても、よけいみんなを興奮《こうふん》させただけだった。ナイジェルにさわろうと、観客席《かんきゃくせき》からいくつも手《て》がのびてきた。

「たすけて！」

ナイジェルは悲鳴《ひめい》をあげた。キリンのブリジットにとびのり、頭《あたま》の角《つの》にぎゅっとしがみついた。するとサルたちは少《すこ》しでもナイジェルに近《ちか》づこうと、観客席《かんきゃくせき》から身《み》をのりだして、次々《つぎつぎ》にブリジットの首《くび》にぶらさがった。重《おも》みで、ブリジットの体《からだ》がよろけた。

「おい！　おれのガールフレンドから手《て》をはなせ！」

愛《あい》するブリジットのピンチ！　リスのベニーが声《こえ》をはりあげた。けれど、勝気《かちき》なブリジットは首《くび》をふり、

「ベニー、自分《じぶん》のめんどうくらい自分《じぶん》でみられ――きゃあ！」

ナイジェルやサルの群《む》れをのせたまま、ブリジットはスケート・リンクにたおれ

こんだ。

ベニーはあわてて逃《に》げようとした。が、おそかった。ブリジットの下《した》じきになってしまった。

観客《かんきゃく》は息《いき》をのんだ。

「おやおや？　今夜《こんや》のサムソン・チームは、どうしたんでしょうね？」

ペンギンのアナウンサーが、ばかにした調子《ちょうし》でいった。

ブリジットはナイジェルを首《くび》にぶらさげたまま、よろよろと立《た》ちあがると、リンクにのびているあわれなベニーを見《み》おろした。

「ベニー……ベニー……。」

声《こえ》をかけても、ベニーは目《め》をあけない。ブリジットはおろおろとして、

「どうしよう！　だれか、人工呼吸《じんこうこきゅう》のやり方《かた》を知《し》らない？」

それをきいたとたん、ベニーの目《め》が、ぱっちりとあいた。

「知《し》ってるよ！」

そうさけぶと、がばっととび起《お》きて、ブリジットの口《くち》に自分《じぶん》の口《くち》をおしつけた。

ブリジットは、びっくりして目《め》をまるくした。ベニーとキスだなんて、冗談《じょうだん》じゃない！　口《くち》をぬぐい、ベニーを責《せ》めた。

「いったい、なんのまねなの？」

「ぼくからのプレゼント。愛《あい》のビタミンさ。」

ベニーは、うっとりとした顔《かお》でいった。

ナイジェルが突然《とつぜん》、ブリジットの背中《せなか》の上《うえ》で立《た》ちあがった。手《て》には、床《ゆか》にたおれたときにひろったナイジェル人形《にんぎょう》を持《も》っている。ナイジェルは怒《いか》りに燃《も》える顔《かお》で、人形《にんぎょう》をなぐりつけた。みんな、こいつが悪《わる》いんだ！　こんな人形《にんぎょう》があるから、みんなにさわがれるんだ！

サムソンのチームは、すっかりばらばらだった。こんな状態《じょうたい》で試合《しあい》に勝《か》てるはずがない。

よし！　ここは、このおれさまの出番《でばん》だ。みんなをまとめてやるぜ！　ヘビのラリーが長《なが》い体《からだ》をぐいっとのばし、仲間《なかま》にだきついたからたまらない。みんなはいっせいに、リンクにたおれこんだ。いちばん下《した》はサムソンだった。サムソンはみんなの下《した》じきになったまま、うめいた。

「来年《らいねん》はコーチ役《やく》だけにしよう。」


そのころライアンは、友《とも》だちといっしょに草《くさ》むらにかくれていた。

「見《み》ろ。トムソンガゼルの群《む》れだ。」

カバのイーズがささやいた。トムソンガゼルは、すらりとしたすがたが美《うつく》しいシカに似《に》た動物《どうぶつ》で、いつも集団《しゅうだん》で行動《こうどう》している。

カンガルーのデュークも、小声《こごえ》でささやいた。

「なにしろあいつら、逃《に》げ足《あし》が速《はや》いからな。気《き》づかれたら、あっというまに逃《に》げられちまう。」

「ねえ、ぼくたち、スケート・リンクに行《い》ったほうがいいんじゃない？」

ライアンが遠慮《えんりょ》がちに声《こえ》をかけると、二頭《とう》の友《とも》だちは、意外《いがい》そうな顔《かお》でライアンをふりかえった。カバのイーズがいった。

「ライアン、きみは野生《やせい》のライオンになりたいんじゃなかったっけ？」

たしかに、お父《とう》さんに反発《はんぱつ》して友《とも》だちについてきたけれど、ライアンは試合《しあい》がどうなっているか、気《き》になってしかたなかったのだ。

「きっと、きみのお父《とう》さんも、トムソンガゼルを追《お》いかけたことがあるよ。」

カンガルーのデュークがいうと、イーズが残念《ざんねん》そうにため息《いき》をついた。

「そうとも。あーあ、サムソンがもっと若《わか》かったらな。そうしたら、いっしょに狩《か》

りを楽《たの》しめたのに。」

イーズとデュークは、じりじりとトムソン・ガゼルの群《む》れに近《ちか》づいていく。ライアンはなんだかいやな予感《よかん》がして、うしろから二頭《とう》に声《こえ》をかけた。

「ねえ、よしたほうがいいんじゃない？」

けれど、イーズもデュークも低《ひく》く身《み》がまえ、すっかりとびかかる体勢《たいせい》になっている。デュークがそっとささやいた。

「それ、一、二……。」

「よせ！」

ライアンはとめようとして、仲間《なかま》にとびかかった。

ライオンだ！　トムソンガゼルはライアンを見《み》て、びっくりぎょうてん。いっせいに逃《に》げだした。

「すごい！　ライアン、やったじゃないか！」

デュークが、にんまりと笑《わら》った。

スケート・リンクでは、サムソンのチームが攻撃《こうげき》する番《ばん》になっていた。

「サムソンたちは、この最終回《さいしゅうかい》でなんとしても得点《とくてん》をあげなくてはなりません！　ここで点《てん》をとれなければ、おしまいです。もう、命《いのち》がけでやるしかありません！」

アナウンサーの声《こえ》がひびいた。観客《かんきゃく》は氷《こおり》の上《うえ》に描《えが》かれた赤《あか》い円《えん》を、じっと見《み》つめている。

サムソンのチームのメンバーは、輪《わ》になった。どの顔《かお》も暗《くら》かった。けれど、サムソンはあきらめるつもりはなかった。

「おい、みんな！　たしかにいまは負《ま》けている。だが、運《うん》をひきよせることだってできるんだ！　なぜなら、これから――。」

そこでサムソンは、声《こえ》をひそめた。

「――秘密作戦《ひみつさくせん》を実行《じっこう》するからだ。」

「秘密作戦《ひみつさくせん》！　おい、みんな、きいたか？　おれたち、これから秘密作戦《ひみつさくせん》をやるんだぞ！」

ヘビのラリーが、興奮《こうふん》してわめいた。ニューヨークの街《まち》じゅうにひびきわたるほどの、大声《おおごえ》だった。キリンのブリジットが、あわてて注意《ちゅうい》をした。

「ラリー、秘密《ひみつ》の作戦《さくせん》の基本《きほん》がなんだか知《し》ってる？　秘密《ひみつ》をまもるってことよ。」

「いいか、わたしの指示《しじ》にしたがってくれ。」

サムソンは仲間《なかま》にいった。

「これを成功《せいこう》させるには、いままでの二倍《ばい》は、がんばってもらわないといけない。」

「まかせて。」

コアラのナイジェルが、さっと敬礼《けいれい》をした。

「なんだったら、三倍努力《ばいどりょく》してもいいよ。」

「よろしい。」

サムソンはうなずいた。

「いいか、まず……。」

「よしきた！」

作戦《さくせん》をききおえると、みんなは声《こえ》をそろえてさけび、手《て》のひらを打《う》ちあわせた。

さあ、反撃開始《はんげきかいし》だ。

4　逆転勝利《ぎゃくてんしょうり》か？

サムソンは、石《いし》がわりのカメのドナルドを手《て》にしたまま、スケート・リンクのはしに描《えが》かれた赤《あか》い円《えん》をじっとにらんだ。円《えん》の中心《ちゅうしん》からわずかにはずれた位置《いち》に、先《さき》に投《な》げたペンギン・チームのカメがいる。サムソンたちがこの最終回《さいしゅうかい》で逆転《ぎゃくてん》するには、ドナルドを円《えん》のど真《ま》ん中《なか》にたたきこむしかない。

よーし、やってやるぞ！　サムソンは、ぎゅっとドナルドをにぎりしめた。サムソンの立《た》てた秘密作戦《ひみつさくせん》とは、こうだ。ヘビのラリーの体《からだ》をゴムのようにのばし、そこにカメをのせ、遠《とお》くまではじきとばそうというものだった。

ラリーは、頭《あたま》をキリンのブリジットの首《くび》にまきつけ、しっぽをリスのベニーの胴《どう》にまきつけている。ブリジットとベニーがリンクの横幅《よこはば》いっぱいにひろがると、ラリーの体《からだ》もぴょーんとのびた。

サムソンはカメのドナルドを見《み》て、たずねた。

「だいじょうぶか、ドナルド？」

「まかせろ！」

サムソンはリンクの真《ま》ん中《なか》に立《た》つと、ヘビのラリーの体《からだ》をぐいっとひいて、カメのドナルドをのせた。うしろにひっぱられて、リスのベニーの小《ちい》さな体《からだ》がよろけたが、ベニーは前歯《まえば》を氷《こおり》に深《ふか》くつきたて、ふんばった。

そのとき、ペンギン・チームから野次《やじ》がとんだ。キャプテンのビクターだ。

「おい、サムソン。おまえのチビがここにいないのが残念《ざんねん》だな。親父《おやじ》が負《ま》けるところを見《み》せてやれなくてさ！」

なんだと？　サムソンの動《うご》きがとまった。

「早《はや》くしてくれ……。」

ベニーがうめいた。ふんばっていたが、もうだめだ、限界《げんかい》だ……。ベニーはよろよろと氷《こおり》にたおれこんだ。その瞬間《しゅんかん》、ベニーの体《からだ》にまきついていたヘビのラリーのしっぽがはずれてしまった。

秘密作戦《ひみつさくせん》は失敗《しっぱい》だ。しかたない。サムソンはドナルドをつかみなおすと、力《ちから》いっぱいほうり投《な》げた。

「さあ、サムソンが攻撃《こうげき》したぞ！　うまくいくでしょうか？」

アナウンサーが絶叫《ぜっきょう》した。

氷《こおり》の上《うえ》に着地《ちゃくち》すると、カメのドナルドは四本《ほん》の足《あし》をいっしょうけんめいに動《うご》かして、円《えん》をめざしてすすんでいった。

「ラリー、ブリジット、氷《こおり》の上《うえ》をはけ！」

サムソンはどなった。

ブリジットはキリンの足《あし》の長《なが》さをいかして、すぐさまドナルドの行《ゆ》く手《て》にまわりこんだ。ブリジットの首《くび》にまきついているヘビのラリーが、ブラシの長《なが》い柄《え》を体《からだ》にはさんで、氷《こおり》をはいていく。ブラシではくことで、カメのすすむ距離《きょり》をのばしたり、方向《ほうこう》を変《か》えたりできるのだ。

「もっと早《はや》くはいて！　ラリー！　はいて！　はいて！」

ブリジットは首《くび》にまきついているラリーに、さけんだ。

そのときブリジットとラリーの目《め》の前《まえ》に、敵《てき》のペンギン・チームのブラシがあらわれた。キャプテンのビクターだ。ビクターはドナルドのすすむ方向《ほうこう》を横《よこ》にずらそうと、せっせと氷《こおり》をブラシではいた。

ガシッ。ラリーのブラシと、ビクターのブラシがぶつかった。

「気《き》をつけろ！」

ラリーがどなると、ビクターもどなりかえした。

「そっちこそ、気《き》をつけろ！」

赤《あか》い円《えん》のうしろでゲームを見《み》まもっていたコアラのナイジェルが、さけんだ。

「ラリー、もうちょっと左《ひだり》だ！」

ドナルドが左《ひだり》に寄《よ》るように、ブラシではけ。そうナイジェルはヘビのラリーに指《し》示《じ》をだしたのだ。が、ラリーはかんちがいをして、

「よしきた。おれさまに、まかせろ！」

かけ声《ごえ》とともに、ブラシで力《ちから》いっぱいカメのドナルドを打《う》ってしまった。ピューン！　ドナルドはいきおいよく飛《と》んでいき、円《えん》のうしろにいたナイジェルの頭《あたま》にぶつかった。

観客席《かんきゃくせき》は、しーんとしずまりかえった。

氷《こおり》の上《うえ》に落《お》ちると、ドナルドは円《えん》にむかい、いっしょうけんめいにはっていった。

よいしょ、よいしょ。

アナウンサーが絶叫《ぜっきょう》した。

「みなさん、わたしたちはいま、動物園《どうぶつえん》カーリング大会《たいかい》の歴史《れきし》に残《のこ》る名場面《めいばめん》を目撃《もくげき》しているのです！」

じりじりと円《えん》にむかうドナルドに、サムソンはさけんだ。

「行《い》け、ドナルド！　そうだ！」

ピーピー、ヒューヒュー！　観客席《かんきゃくせき》は、ものすごい興奮《こうふん》につつまれた。アナウンサーも、負《ま》けずに声《こえ》をはりあげた。

「なんということだ！　またしてもサムソン・チームの優勝《ゆうしょう》だ！　いや、まだ早《はや》い。勝負《しょうぶ》はまだついていないぞ。」

勝《か》ったも同然《どうぜん》だ！　ブリジット、ラリー、ナイジェル、ベニーが勝利《しょうり》を信《しん》じてとびあがろうとしたその瞬間《しゅんかん》……ふいにスケート・リンクがゆれ、ドナルドの体《からだ》がよろめいた。ドナルドはふらつきながら、円《えん》から大《おお》きくはずれてしまった。

「やった！　優勝《ゆうしょう》はペンギン・チームです！　初《はつ》の動物園《どうぶつえん》チャンピオンにかがやきました！」

ペンギンのアナウンサーは、大《おお》よろこびだった。が、観客《かんきゃく》たちはそれどころではなかった。スケート・リンクが大《おお》きくゆれている。なんだ？　地震《じしん》か？　みんな大《おお》さわぎだった。

サムソンは、そのゆれの正体《しょうたい》がわかった。遠《とお》くからひづめの音《おと》がひびいてくる。動物《どうぶつ》が集団《しゅうだん》で走《はし》っている音《おと》だ。その振動《しんどう》で、スケート・リンクがゆれたのだ。

「動物《どうぶつ》の暴走《ぼうそう》だ！　みんな気《き》をつけろ！」

サムソンは、大声《おおごえ》で注意《ちゅうい》をした。

地面《じめん》をたたくひづめの音《おと》が、どんどん近《ちか》づいてくる。スケート・リンクにいたみんなは、いっせいに音《おと》のするほうを見《み》た。真《ま》っ先《さき》にとびこんできたのは、ライアンだった。ライアンは前足《まえあし》をばたばたふりまわし、さけんだ。

「おねがい！　あれをとめて！」

けれど次《つぎ》の瞬間《しゅんかん》、トムソンガゼルの群《む》れがスケート・リンクになだれこんできて、ツルツル！　ツー！　氷《こおり》に足《あし》をすべらせ、たいへんなさわぎになった。リンクはたちまち、トムソンガゼルのスケート大会《たいかい》になってしまった。

それを見《み》て、カンガルーのデュークが首《くび》をふった。

「あーあ、だいなしだ。」

「おしまいだな。」

カバのイーズもうめいた。

ライアンは氷《こおり》の上《うえ》を横《よこ》すべりしながら、サムソンの足《あし》もとでようやくとまった。

おずおずとお父《とう》さんを見《み》あげ、えへへと笑《わら》った。

「パパ、約束《やくそく》をまもって、ちゃんとゲームを見《み》に来《き》たよ。」

「笑《わら》いごとじゃないぞ。」

サムソンは息子《むすこ》をしかった。

「おまえのせいで、動物園《どうぶつえん》の仲間《なかま》みんなが危険《きけん》にさらされたんだ……。」

「ごめんなさい……。」

「何《なに》がごめんなさいだ？　トムソンガゼルを追《お》いかけたことか？　試合《しあい》をだいなしにしたことか？」

ライアンは、事情《じじょう》を説明《せつめい》しようとした。友《とも》だちをとめようとしてライアンがとびだしたために、トムソンガゼルたちはびっくりして、逃《に》げだしてしまったのだ。でも、なんといえばわかってもらえるのだろう？

サムソンは、ため息《いき》をついた。

試合《しあい》に応援《おうえん》に来《こ》なかったばかりか、こんなさわぎをひき起《お》こして、みんなにめいわくをかけるとは。育《そだ》て方《かた》をまちがってしまったのだろうか？

「何《なに》が気《き》に入《い》らない？　おまえときたら、木《き》にのぼってすねているばかりだ。どういうことだ？　ちゃんとほえられないことが、くやしいのか？」

ひどい！　ぼくだって、ほえられるものなら、ほえてみたい。パパに、よくやったってよろこんでもらいたい。でも、それができないから、悩《なや》んでいるのに。

ライアンの顔《かお》を見《み》て、サムソンは、はっとした。息子《むすこ》をきずつけてしまったことがわかり、あわてて、

「すまん。つい、いいすぎてしまった……。」

ライアンは悲《かな》しそうな顔《かお》で、お父《とう》さんを見《み》あげた。

「パパ、ぼくが木《き》にのぼって、何《なに》を考《かんが》えてたと思《おも》う？　野生《やせい》のサムソンの息子《むすこ》じゃなければよかった。ぼくは、そう考《かんが》えてたんだ。パパの息子《むすこ》じゃなかったら、ぼくもずっと気楽《きらく》でいられたんだ！」

そういうなり、ライアンはスケート・リンクからとびだしていった。サムソンは、

その背中《せなか》にむかってさけんだ。

「ライアン！　ライアン、わたしが悪《わる》かった！　もどってこい！」

サムソンの横《よこ》に、いつのまにかヘビのラリーがいた。

「ライアン、あばよ！　試合《しあい》に来《き》てくれて、ありがとう！」

サムソンの表情《ひょうじょう》に気《き》づいて、ラリーは不思議《ふしぎ》そうにいった。

「ライアンが試合《しあい》に来《く》るかどうか、それが心配《しんぱい》だったんだろう？」


その夜《よる》おそく、サムソンは動物園《どうぶつえん》の噴水《ふんすい》のまわりをうろうろ歩《ある》きまわっていた。

そのそばでは、リスのベニーが、せかせか歩《ある》いている。

「何《なに》をどうすればいいのか、わからんよ、ベニー。わたしはもう、お手《て》あげだ。」

サムソンのことばをきいて、ベニーは足《あし》をとめた。

「お手《て》あげ？　ほんとうにそうなのかい？」

「何《なに》がいいたい？」

「つまりさ、ライアンにすべてうちあけたのかってこと。」

とんでもない。サムソンは頭《あたま》をふった。サムソンには、大《おお》きな秘密《ひみつ》があった。そのことを知《し》っているのは、親友《しんゆう》のリスのベニーだけだ。ほかの仲間《なかま》はもちろん、ライアンも知《し》らない。

「それはむりというものだ。あのことを話《はな》したら、ライアンがわたしのことをどう思《おも》うか。」

「さあね。でも、ちゃんと話《はな》さないとだめだ。でないと、ライアンは父親《ちちおや》からはなれていくばかりだよ、サムソン。」

ライアンに秘密《ひみつ》をうちあける？　ベニーのいうとおりだと、サムソンにはわかっていた。けれど、それをライアンに知《し》られたときのことを思《おも》うと、サムソンにはなかなか、うちあける勇気《ゆうき》がでなかった。

5　ライアンをすくえ！

ライアンはひとりぼっちで、動物園《どうぶつえん》のフェンスの前《まえ》をうろうろしていた。試合《しあい》をだいなしにしてしまった後悔《こうかい》と、お父《とう》さんへの怒《いか》りで、頭《あたま》はいっぱいだった。

パパはなんにもわかっていない。ぼくがどんなに悩《なや》んでいるのか。ぼくはできそこないのライオンだ。パパだってきっと、ぼくみたいな息子《むすこ》がいて、はずかしいにきまっている。ライオンらしくほえることもできない。おまけに、だいじな試合《しあい》をめちゃくちゃにしてしまった……。

ふと、壁《かべ》にはられているサムソンのポスターに気《き》づいた。そこにはこんなキャッチフレーズがつけられている。

『いさましくほこり高《たか》い、百獣《ひゃくじゅう》の王《おう》。』

ライアンは、ポスターにうつっているお父《とう》さんのポーズをまねしてみた。前足《まえあし》を高《たか》くあげ、口《くち》を大《おお》きくあけて……だめだ。どうせ、ぼくはパパとはちがう。強《つよ》くていさましいライオンにはなれっこないんだ。

ライアンはそのとき、フェンスの向《む》こう側《がわ》にある大《おお》きな緑《みどり》の箱《はこ》に気《き》づいた。動物《どうぶつ》の輸送《ゆそう》に使《つか》われる、コンテナだ。

「緑《みどり》の箱《はこ》だ！」

いつかハトのハミールからきいた、野生《やせい》の世界《せかい》につれていってくれる緑《みどり》の箱《はこ》。きっとあれが、その箱《はこ》だ！　ライアンはフェンスの前《まえ》の木《き》によじのぼると、枝《えだ》をつたってフェンスの向《む》こう側《がわ》にとびおりた。

そこは輸送《ゆそう》トラックの発着場《はっちゃくじょう》で、フェンスには『ここから先《さき》は立《た》ち入《い》り禁止《きんし》』の札《ふだ》がかかっている。が、ライアンはかまわずに緑《みどり》の箱《はこ》に近《ちか》づいた。うまいぐあいに、とびらがあいていた。あたりにだれもいないのをたしかめると、ライアンはそっと中《なか》に入《はい》っていった。

サムソンは、先《さき》ほどライアンをしかりつけたことを後悔《こうかい》していた。ちゃんとほえられないことであれほどきずついているとは、思《おも》ってもみなかった。そればかりか、ライアンが父親《ちちおや》と自分《じぶん》をくらべて悩《なや》んでいたとは。

ライアン、わたしはそんなりっぱな父親《ちちおや》じゃないんだ。いまこそ息子《むすこ》に真実《しんじつ》を話《はな》すべきだ。ほんとうのことをうちあけて、ライアンとなかなおりしよう。サムソンはそう決心《けっしん》して檻《おり》に帰《かえ》ると、ライアンのお気《き》に入《い》りの木《き》にのぼった。が、木《き》はからっぽだった。

ライアン、どこだ？　サムソンは心配《しんぱい》になって、木《き》の上《うえ》からあたりを見《み》わたした。フェンスの向《む》こう側《がわ》の立《た》ち入《い》り禁止《きんし》の場所《ばしょ》で、数人《すうにん》の男《おとこ》たちが作業《さぎょう》をしているのが見《み》えた。

緑《みどり》の箱《はこ》のとびらがしまり、大《おお》きなトラックの荷台《にだい》に積《つ》まれた。男《おとこ》のひとりが、仲《なか》間《ま》に大声《おおごえ》でいった。

「よーし。出発《しゅっぱつ》だ！」

トラックはエンジン音《おん》をひびかせ、走《はし》りだした。緑《みどり》の箱《はこ》をのせて——箱《はこ》にはこう書《か》かれていた、『動物園《どうぶつえん》—アフリカ』と。


ライアンは箱《はこ》の中《なか》でうとうとしていた。が、突然《とつぜん》とびらがしまったかと思《おも》うと、箱《はこ》が何《なに》かにのせられ、走《はし》りだすではないか。まさか、ほんとうに野生《やせい》の世界《せかい》につれていかれちゃうの？

ライアンはあわてた。ぼくはただ、パパのいる檻《おり》に帰《かえ》りたくなかっただけだ。ちょっとここで眠《ねむ》りたかっただけなのに！

箱《はこ》の横《よこ》にあいている窓《まど》に、ライアンはかけよった。その窓《まど》には横棒《よこぼう》が何本《なんぼん》かわたされていて、外《そと》にでられないようになっている。ライアンは棒《ぼう》のすきまから、顔《かお》をだしてさけんだ。

「待《ま》って！　行《い》きたくない！　たすけて！」

ライアンの声《こえ》だ！　トラックからライアンの声《こえ》がひびいてくる！　サムソンはフェンスにむかって、一目散《いちもくさん》にかけだした。

「パパ！」

「ライアン！」

「パパ、たすけて！」

緑《みどり》の箱《はこ》の窓《まど》から、ライアンの顔《かお》が見《み》える。

「ライアン！」

けれど、ライアンをのせたトラックは、あっというまに遠《とお》ざかってしまった。

ベニーが心配《しんぱい》そうな顔《かお》で、かけよってきた。サムソンは、ベニーをふりかえった。

「あのトラックを追《お》いかけなくては。……ハトのハミールに会《あ》いに行《い》こう。」

ハトたちはいつも、動物園《どうぶつえん》の売店《ばいてん》の裏《うら》にたむろしている。ベニーとサムソンが行《い》ってみると、サイコロのかわりにテントウムシをころがして、賭《か》けをしているところだった。翼《つばさ》で顔《かお》をおおってなげいているのが、ハミールだ。

「ああ、どうして、こうしょっちゅう、負《ま》けてばかりいるんだろう！」

「ハミール、ちょっと。」

ベニーが頭《あたま》をたたくと、ハミールは、はっと顔《かお》をあげた。

「ベニー！　きみに借金《しゃっきん》を返《かえ》すのは、金曜日《きんようび》まで待《ま》ってもらわないと！」

「そうじゃない。ライアンのことで、きみに話《はなし》があるんだ。ライアンがあの緑《みどり》の箱《はこ》

に入《はい》ったまま、トラックでつれていかれちゃったんだ。だからライアンを見《み》つけないと！」

ベニーの話《はなし》をきくと、ハミールはびっくりしてさけんだ。

「それはまずい。まずいなんてもんじゃないぞ！」

横《よこ》から、ハミールの奥《おく》さんが口《くち》をだした。

「あたしから教《おし》えてあげるわ。あんたじゃ頼《たよ》りにならないから。緑《みどり》の箱《はこ》はね、水《みず》がいっぱいあるところに運《はこ》ばれていくんですよ。」

ハミールがつづけて説明《せつめい》をした。

「そうそう。頭《あたま》にいっぱい角《つの》をはやした、あの緑色《みどりいろ》の女《おんな》の人《ひと》がいるところだ。」

サムソンとベニーは、わけがわからずに顔《かお》を見《み》あわせた。

「角《つの》だよ、角《つの》。」

ハミールはそうくりかえすと、自分《じぶん》の翼《つばさ》を頭《あたま》の上《うえ》に立《た》てた。どうやら、王冠《おうかん》のことをあらわしているらしい。

サムソンはハミールの首《くび》をつかみ、自分《じぶん》の顔《かお》の前《まえ》までつまみあげると、おそろしい声《こえ》でいった。

「緑《みどり》の箱《はこ》がどこに行《い》くか、さっさと教《おし》えろ。」

「角《つの》のある、緑色《みどりいろ》の女《おんな》の人《ひと》……。」

百獣《ひゃくじゅう》の王《おう》ライオンの大《おお》きな口《くち》が、目《め》の前《まえ》にある。ハミールは、ぶるぶるふるえながら答《こた》えた。奥《おく》さんはあわてて、売店《ばいてん》にむかって翼《つばさ》をバタバタさせた。それを見《み》て、ハミールはうなずいた。

「そう、売店《ばいてん》！　緑《みどり》の箱《はこ》は、売店《ばいてん》にいるその女《おんな》の人《ひと》のところに、運《はこ》ばれるんです！」

サムソンとベニーは、売店《ばいてん》をふりかえった。ショーウィンドウには、たいまつを持《も》ち、王冠《おうかん》をかぶった緑色《みどりいろ》の女性《じょせい》の模型《もけい》がかざられている。アメリカの自由《じゆう》と独立《どくりつ》をあらわす、自由《じゆう》の女神像《めがみぞう》だ。が、もちろんサムソンもベニーも、そんなことは知《し》らない。その銅像《どうぞう》が、ニューヨークの海《うみ》にうかぶ小《ちい》さな島《しま》に立《た》っていることも。ニューヨークの街《まち》にはくわしいベニーも、海《うみ》の上《うえ》のことまではわからなかった。ようやく地面《じめん》におろされると、ハミールはいった。

「こんなこといいたくないんだけど……朝日《あさひ》がのぼるころ、緑《みどり》の箱《はこ》は船《ふね》にのせられ、二度《ど》ともどってはこないんだ。」

サムソンとベニーは、ぎょっとした。

「がっかりさせて悪《わる》いね。ほんとうは、こんなこといいたくなかったんだ。」

ハミールはじっと下《した》をむいた。顔《かお》をあげると、サムソンとベニーはもういなくなっていた。ハミールは、暗《くら》がりにむかって声《こえ》をかけた。

「おーい、どこに行《い》ったんだ？」

動物園《どうぶつえん》のフェンスの前《まえ》を、サムソンはいらいらしながら行《い》ったり来《き》たりしていた。

どうやったら、船《ふね》に近《ちか》づける？　いや、その前《まえ》に、どうやったらここからでられる？　リスのベニーのほかに、キリンのブリジット、ヘビのラリー、コアラのナイジェルもかけつけてきた。みんなは心配《しんぱい》そうに、サムソンを見《み》つめている。

そのとき、フェンスの向《む》こう側《がわ》にある大《おお》きなごみ箱《ばこ》が、ふとサムソンの目《め》にとまった。毎晩《まいばん》トラックがやってきて、あの中身《なかみ》を運《はこ》んでいくのを、サムソンは知《し》っていた。

ブリジットも長《なが》い首《くび》をのばし、フェンスの向《む》こう側《がわ》のごみ箱《ばこ》を見《み》た。どうやら、サムソンと同《おな》じ考《かんが》えがうかんだらしい。ブリジットはたずねた。

「いつやるの？　サムソン？」

サムソンは、この計画《けいかく》がどんなに危険《きけん》なものか、わかっていた。

「やるのは、わたしだ。おまえたちは関係《かんけい》ない。これは息子《むすこ》のライアンを救《すく》う作戦《さくせん》だ。実行《じっこう》するのは、わたしだけでいい。」

たちまち、ラリーが反対《はんたい》した。

「おれさまはいっしょに行《い》くぜ！　こわくなんかないさ！　そうだろ、みんな？」

「だれがこわがってるって？」

ナイジェルはみんなを見《み》まわし、ふふんと笑《わら》ってみせた。胸《むね》の前《まえ》で腕《うで》をくむと、

「コアラって動物《どうぶつ》はね、ほかの動物《どうぶつ》よりも……こわがりかも。」

そういって、下《した》をむいた。

「ライアンは、あたしたちみんなの子《こ》どもみたいなものよ！」

ブリジットは力強《ちからづよ》くいうと、そっと小声《こごえ》でつぶやいた。

「でも、あたしは自分《じぶん》の子《こ》はいらないわ。こんなに苦労《くろう》させられるんじゃ。」

「おまえたち、いっしょに行《い》きたいというのか？」

サムソンはみんなの顔《かお》を見《み》まわした。仲間《なかま》の気持《きも》ちはありがたい。だが、息子《むすこ》のために、みんなを危険《きけん》な目《め》にあわせるわけにはいかなかった。動物園《どうぶつえん》にいれば、毎《まい》

日《にち》の食事《しょくじ》も安全《あんぜん》も保障《ほしょう》されているが、外《そと》の世界《せかい》はそうはいかないのだ。

「人間《にんげん》につかまったり、銃《じゅう》で撃《う》たれたり、はく製《せい》にされたり、そういった危険《きけん》を気《き》にしないというのか？」

「もちろんさ！」

ラリーが元気《げんき》よく答《こた》えた。けれどナイジェルとブリジットは、思《おも》わず顔《かお》を見《み》あわせた。サムソンはそれを見《み》のがさなかった。

「行《い》くのはわたしだけだ。わかったな？」

みんなはだまって、動物園《どうぶつえん》を見《み》わたした。快適《かいてき》で安全《あんぜん》な、自分《じぶん》たちの住《す》まいを。ほんとうにここをでていく勇気《ゆうき》があるのかどうか、自分《じぶん》の胸《むね》に問《と》いかけるように。

ナイジェルが、さっと敬礼《けいれい》をした。

「もちろん、わかったとも。キャプテンはきみだから。りっぱなたてがみに誓《ちか》うよ。」

ベニーがサムソンの前《まえ》にかけより、ナイジェル、ラリー、ブリジットを指《ゆび》でさした。

「こいつらをつれてっても、足手《あしで》まといになるだけさ。つれてかなくて正解《せいかい》だ。さあ、きみの計画《けいかく》を教《おし》えてくれるかい?」

サムソンはそれには答《こた》えずに、フェンスをとびこえてごみ箱《ばこ》の中《なか》に入《はい》った。ベニーもあとにつづいた。

6　ニューヨークの街《まち》に出発《しゅっぱつ》

　ごみをあつめる大型《おおがた》のトラックが来《き》て、サムソンとベニーの入《はい》ったごみ箱《ばこ》をクレーンで持《も》ちあげると、バサッと中身《なかみ》を荷台《にだい》に落《お》とした。トラックはゆっくりと動《どう》物園《ぶつえん》をでて、ニューヨークの街《まち》にむかっていった。

　サムソンはごみ袋《ぶくろ》のいっぱいつまった荷台《にだい》から顔《かお》をだし、外《そと》を見《み》た。動物園《どうぶつえん》の門《もん》が、どんどん遠《とお》ざかっていく。それを見《み》て、不安《ふあん》な気持《きも》ちになった。

「心配《しんぱい》するなって。」

　横《よこ》からリスのベニーが、力強《ちからづよ》い声《こえ》ではげました。ベニーはごみの中《なか》から見《み》つけた棒《ぼう》つきキャンディーを、おいしそうになめている。

「おれにまかせなよ。なんたって、おれはニューヨークの街《まち》で暮《く》らしてるんだから。いいかい？　まず、五番街《ばんがい》でこのトラックからおりる。それから左《ひだり》に二回《かい》、次《つぎ》に右《みぎ》に二回《かい》まがって、ブロードウェイを通《とお》りすぎて……うわっ！」

突然《とつぜん》、ごみの山《やま》から、キリンのブリジットがいきおいよくとびだしてきた。ベニーはトラックの荷台《にだい》から、はじきとばされてしまった。

「ブリジット、ここで何《なに》をしているんだ？」

サムソンは、びっくりしてたずねた。ベニーが消《き》えてしまったことにも気《き》づかずに。

ブリジットは、強《つよ》い風《かぜ》にあおられて大《おお》きなくちびるがふるえ、うまくしゃべれなかった。

「あいあんを、ああす、おえうあいを、ううわ。」

「なんだって？」

わけがわからずにサムソンが顔《かお》をしかめると、横《よこ》から声《こえ》がした。

「ライアンをさがすお手《て》つだいをするって、いったのさ。」

ぎっしり積《つ》まれたごみ袋《ぶくろ》のすきまから、ヘビのラリーがにょろにょろとでてきて、ブリジットのことばを説明《せつめい》した。

「すばらしい。」

サムソンはため息《いき》をついた。そのとき、体《からだ》の下《した》で何《なに》かがもぞもぞと動《うご》いた。サムソンは手《て》をつっこんで、ごみ袋《ぶくろ》の山《やま》の下《した》からその何《なに》かをひっぱりだした。でてきたのは、コアラのナイジェルだった。

みんな、一度《ど》はついていくのをためらったが、やはりほうってはおけなかった。たいせつな仲間《なかま》のサムソンの一大事《いちだいじ》だ。みんなで力《ちから》を合《あ》わせれば、きっとうまくいく。それに、何《なに》かあっても、サムソンがいればだいじょうぶ。そう思《おも》って、あとを追《お》ってきたのだ。

サムソンは、またしてもため息《いき》をついた。

「夜明《よあ》けまでが勝負《しょうぶ》なんだ。それまでに見《み》つけられなかったら、ライアンは永遠《えいえん》に手《て》のとどかないところに、つれさられてしまう。それなのに、おまえたちの心配《しんぱい》までしなくてはならないのか？」

そう口《くち》ではいったものの、サムソンはみんなの気持《きも》ちがうれしかった。ライアンのために、危険《きけん》を知《し》りながらついてきてくれたのだ。こうなったら、一刻《いっこく》も早《はや》くライアンをさがしだし、みんなで動物園《どうぶつえん》に帰《かえ》ろう。サムソンは覚悟《かくご》を決《き》めて、ベニーをふりかえった。

「いつトラックからおりればいいんだ、ベニー？」

あたりを見《み》まわしたが、ベニーのすがたは見《み》えない。

「ベニー？」

ベニーがなめていた棒《ぼう》つきキャンディーが、トラックの荷台《にだい》のはしにくっついて

いた。サムソンは、ベニーがトラックから落《お》ちてしまったらしいと気《き》づいた。ニューヨークの街《まち》をだれよりも知《し》っているベニーがいなくて、どうしてライアンをさがせるのだろう？

サムソンがとほうにくれていると、キリンのブリジットがいった。

「いんな、おうったおうがおうない？」

「なんていってるんだ？」

サムソンがたずねると、こんどもヘビのラリーが通訳《つうやく》をした。

「こういってるんだ……もぐったほうがよくないかって。みんな、もぐれ！」

ラリーがさけんだ瞬間《しゅんかん》、目《め》の前《まえ》にトンネルがあらわれた。あぶない！　みんなはさっと体《からだ》をちぢめた。

トラックは、真《ま》っ暗闇《くらやみ》の中《なか》をガタゴト走《はし》っていく。トンネルの中《なか》で風《かぜ》をよけられて、ようやくふつうのしゃべり方《かた》ができるようになったブリジットが、かん高《だか》い声《こえ》でめいた。

「ちょっと、だれかあたしにさわらなかった?」

「さわったんじゃない。こいつがぶつかったんだ。」

そういってコアラのナイジェルは、ごみの山《やま》の中《なか》から、プラスチックでできた何《なに》かをひっぱりだした。売店《ばいてん》で売《う》られている、自由《じゆう》の女神像《めがみぞう》の模型《もけい》のたいまつだ。スイッチを入《い》れると、たいまつはぽっと明《あか》るくなり、サムソン、ブリジット、ラリーの顔《かお》がうかびあがった。みんなはたいまつを見《み》て、びっくりした。

「ぼく、ぬすんだんじゃないよ。」

仲間《なかま》の表情《ひょうじょう》を見《み》て、ナイジェルはいいわけをした。

「動物園《どうぶつえん》の売店《ばいてん》から、ちょっと借《か》りてきたんだ。こいつがあれば便利《べんり》だろうと思《おも》ってさ。」

トラックがトンネルからでた。サムソンたちは顔《かお》をあげ、目《め》をまるくして、あたりの景色《けしき》をながめた。

トラックは、ニューヨークの街《まち》の中《なか》を走《はし》っていた。どこを見《み》ても、鋼鉄《こうてつ》とガラスでできた背《せ》の高《たか》いビルばかりだ。キリンのブリジットでさえ、いくら首《くび》をのばしても、ビルの頂上《ちょうじょう》を見《み》ることはできなかった。


やがてトラックは、シューッと音《おと》をたて、急停止《きゅうていし》した。サムソン、ブリジット、ナイジェル、ラリーは、ごみの山《やま》の中《なか》にかくれた。

ギーギー。突然《とつぜん》、ぞっとするような音《おと》がひびいた。

「なんだか、いやな予感《よかん》がする。」

そういってキリンのブリジットは、あたりを見《み》まわした。ヘビのラリーが悲鳴《ひめい》をあげた。

「ワー！　壁《かべ》が動《うご》いているぞ！」

ブリジットも、口《くち》をあんぐりとさせた。周囲《しゅうい》の灰色《はいいろ》の壁《かべ》が、じりじりとせまってくるではないか。車内《しゃない》のごみを圧縮《あっしゅく》しているのだ。

じわじわと体《からだ》を圧迫《あっぱく》され、ブリジットはかん高《だか》い声《こえ》でさけんだ。

「つぶされる！」

サムソンはとっさにヘビのラリーをつかむと、命令《めいれい》した。

「ラリー、息《いき》をとめろ！」

息《いき》をとめてかたくなったラリーの体《からだ》を、壁《かべ》と壁《かべ》のあいだのつっかい棒《ぼう》にした。が、数秒《すうびょう》も、もたなかった。壁《かべ》はさらに、ぐんぐん近《ちか》づいてくる。

「みんな、逃《に》げろ！」

サムソンは大声《おおごえ》で呼《よ》びかけた。

「よしきた！」

コアラのナイジェルのくぐもった声《こえ》がひびいた。ごみの山《やま》にかくれた拍子《ひょうし》に、ぺンキの缶《かん》に頭《あたま》をつっこんでしまったのだ。サムソンはナイジェルの体《からだ》をつまむと、トラックの荷台《にだい》からほうりだした。

「なんで、こんな目《め》にあわなくちゃいけないの！」

ブリジットのおびえた声《こえ》がひびいた。サムソンとラリーは力《ちから》を合《あ》わせて、ブリジットをトラックからひきずりおろそうとした。が、キリンのブリジットは体《からだ》が大《おお》きいうえに、どんどん空間《くうかん》がせまくなってきて、身動《みうご》きができない。

よし、作戦《さくせん》その一だ！　サムソンはヘビのラリーをつかんで、トラックの運転席《うんてんせき》めがけてほうりなげた。ビチャッ！　にぶい音《おと》をたて、ラリーの体《からだ》はフロントガラスにたたきつけられた。

ごみ圧縮機《あっしゅくき》を動《うご》かしていた運転手《うんてんしゅ》は、目《め》をまるくした。目《め》の前《まえ》にいきなりヘビが、それも大蛇《だいじゃ》があらわれたのだ。

「うわー！　へ、ヘビだ！」

運転手《うんてんしゅ》は大《おお》あわてで、トラックからとびだした。と同時《どうじ》に、ごみ圧縮機《あっしゅくき》はようやくとまった。

ブリジットはため息《いき》をつき、がっくりとうなだれた。もう少《すこ》しでおしつぶされるところだった！　はたしてこれから、何《なに》が待《ま》っていることやら。

7 大都会《だいとかい》は危険《きけん》がいっぱい

コアラのナイジェルは、頭《あたま》にペンキの缶《かん》をかぶり、手《て》にたいまつを持《も》ったまま、ふらふらと歩《ある》いた。

「おーい、ナイジェル、こっちだ。」

サムソンが声《こえ》をかけた。

「わかった！　いま行《い》くよ！」

ナイジェルは、くぐもった声《こえ》で答《こた》えた。

真夜中《まよなか》の通《とお》りは、がらんとしていた。はて、どっちにすすめばいいのだろう？　サムソンは首《くび》をひねった。案内役《あんないやく》のリスのベニーがいなくなってしまったので、さっぱりわからなかった。

その横《よこ》では、キリンのブリジットが長《なが》い首《くび》をクレーンのように動《うご》かして、あたりをながめている。サムソンは、期待《きたい》してたずねた。

「ブリジット、緑色《みどりいろ》の女《おんな》の人《ひと》は見《み》えるかい？」

「いまさがしているところ。でも、なんにも観察《かんさつ》できないわ……いつもとちがって。」

なにしろ、まわりは高層《こうそう》ビルばかり。さすがのブリジットの長《なが》い首《くび》も、ここでは役《やく》に立《た》たなかった。

コアラのナイジェルはペンキの缶《かん》を頭《あたま》にかぶったまま、ふらふらしながら仲間《なかま》をさがしていた。

「おーい、きみたち、いったいどこにいるの？」

ようやく、ナイジェルは何《なに》かやわらかなものに触《ふ》れた。

「ラリー、きみかい？」

それはヘビのラリーではなく、サムソンの足《あし》だった。そうとは知《し》らず、ナイジェルはサムソンの足《あし》をさすりあげた。

「ラリー、きみって、ヘビのくせに毛深《けぶか》いんだね。」

サムソンはだまってナイジェルを見《み》おろし、頭《あたま》にかぶっているペンキの缶《かん》を前足《まえあし》ではじきとばした。やれやれ、まったく世話《せわ》のやけるやつだ。ため息《いき》をつくと、歩《ほ》道《どう》にあつまった仲間《なかま》にむかっていった。

「みんな、わたしたちは人間《にんげん》に見《み》つかるわけにはいかないんだ。気《き》をつけてくれ。」

ウー、ワンワン！　どこからか、大《おお》きなほえ声《ごえ》がひびいてきた。

「犬《いぬ》の声《こえ》だわ。サムソン、ちょっとからかってやったら？」

ブリジットがいった。百獣《ひゃくじゅう》の王《おう》サムソンなら、大都会《だいとかい》のひよわな犬《いぬ》をやっつけることくらい、わけないと思《おも》ったのだが……。

「みんな、逃《に》げろ!」

サムソンの意外《いがい》なことばに、キリンのブリジットは長《なが》い首《くび》をかしげた。

「どういうこと?」

野良犬《のらいぬ》が三匹《びき》、猛烈《もうれつ》ないきおいでかけてきた。サムソンはもう一度《ど》さけんだ。

「逃《に》げるんだ!」

コアラのナイジェルが悲鳴《ひめい》をあげ、ブリジットの足《あし》にしがみついた。ヘビのラリーは、さっとブリジットの首《くび》にまきついた。サムソンと仲間《なかま》たちは、通《とお》りをかけだした。ブリジットは走《はし》りながら、大声《おおごえ》でサムソンにたずねた。

「ねえ、なんで、あの犬《いぬ》どもをガブッとやらなかったの?」

「それもすべて計画《けいかく》のうちだ。さあ、作戦開始《さくせんかいし》だ。」

サムソンはみんなをひきつれて、ビルとビルのあいだの細《ほそ》い道《みち》に入《はい》った。野良犬《のらいぬ》どもが通《とお》りすぎていくと、サムソンはほっとため息《いき》をついた。

ナイジェルがこぶしをふりあげ、さけんだ。

「とっとと帰《かえ》れ！　犬《いぬ》どもめ！　つかまらないだけ、ありがたいと思《おも》え！」

その声《こえ》をききつけ、犬《いぬ》がもどってきた。みんなはあわてて、道《みち》の奥《おく》へと逃《に》げた。

が、その先《さき》は行《ゆ》きどまりだった。うしろには、壁《かべ》しかない。

「ふん、あんたたち、それでほえてるつもりなの？　サムソンのほえる声《こえ》を、きいてごらんなさいよ。」

ブリジットは犬《いぬ》たちをにらみつけると、サムソンをふりかえった。

「サムソン、こいつらにきかせてやって。」

サムソンは、深々《ふかぶか》と息《いき》をすい、自分《じぶん》にいいきかせた。

「腹《はら》の底《そこ》まで息《いき》をすえ。おまえはライオンなんだ。」

仲間《なかま》をまもらなくては。サムソンは、野良犬《のらいぬ》たちをにらんだ。が、動物園《どうぶつえん》であれほどおそれられているサムソンの威力《いりょく》も、大都会《だいとかい》の野良犬《のらいぬ》たちには通《つう》じなかった。

おまえはそれでもライオンなのか？　ほえろ！　ほえるんだ！　けれどサムソンは、どうしてもほえることができなかった。

犬《いぬ》たちは目《め》を血走《ちばし》らせ、よだれをたらしながら、近《ちか》づいてくる。

そのときふと、サムソンは地面《じめん》の鉄格子《てつごうし》に気《き》づいた。マンホールのふただ。頭《あたま》の上《うえ》には、鋼鉄製《こうてつせい》の非常階段《ひじょうかいだん》がある。よし、次《つぎ》の作戦《さくせん》だ！　サムソンはマンホールのふたを前足《まえあし》でさして、さけんだ。

「ラリー、こいつにまきつけ！」

「ほいきた！」

ヘビのラリーは敬礼《けいれい》のかわりにしっぽをピンとはじくと、ふたの鉄格子《てつごうし》にくねくねと体《からだ》をまきつけた。それを見《み》てサムソンは、ブリジットの尻《しり》をつねった。

「サムソン！」

ブリジットはおこってふりむいた。その拍子《ひょうし》に、足《あし》もとのヘビのラリーの頭《あたま》をけりあげた。ラリーの体《からだ》が、シュッと上《うえ》までのびた。非常階段《ひじょうかいだん》のいちばん下《した》の段《だん》に頭《あたま》をまきつけると、しっぽをまきつけたマンホールのふたを、ラリーはぐいっとひっぱった。ふたがあいた。

「さあ、とびおりろ！」

サムソンにいわれ、ブリジットは真《ま》っ暗《くら》なマンホールを、じっとのぞいた。

「ここにとびおりるの？」

「そうだ！」

ウウー！　野良犬《のらいぬ》どもは、おそろしい声《こえ》でうめいた。ナイジェルとブリジットは、覚悟《かくご》を決《き》めて穴《あな》にとびおりた。

サムソンは、ラリーの体《からだ》をふたからはなすと、マンホールにほうりこんだ。つづいて自分《じぶん》もとびおりて、中《なか》からふたをしめた。

みんなは、真《ま》っ暗《くら》な下水道《げすいどう》をすすんでいった。コアラのナイジェルは、自由《じゆう》の女神《めがみ》のようにたいまつをかかげ、あたりを照《て》らしながら、みんなの先頭《せんとう》に立《た》って歩《ある》いている。

「……サムソン、ききたいんだけど。」

キリンのブリジットが、ためらいながら声《こえ》をかけた。

「どうして犬《いぬ》どもに……野生《やせい》のライオンの強《つよ》さを思《おも》い知《し》らせてやらなかったの？」

「相手《あいて》をしている時間《じかん》がなかったからだ。早《はや》くライアンをさがさないと。」

サムソンはむっつりとして答《こた》えた。

ヘビのラリーは、ぐいっと前《まえ》に体《からだ》をのばした。つきあたりに、まるい大《おお》きなものが見《み》える。中《なか》には水《みず》がいっぱいたまっていて、プールのようだ。

「なんだ、あのプールみたいなやつは？」

じめじめした空気《くうき》をつたわって、ラリーの声《こえ》がひびいた。プールのまわりからは下水道《げすいどう》が何本《なんぼん》も、いろいろな方向《ほうこう》にのびている。

ナイジェルは、不安《ふあん》そうにつぶやいた。

「サムソン、何《なに》か作戦《さくせん》があるの？」

「もちろん、あるとも。」

サムソンは、プールからのびている何本《なんぼん》もの下水道《げすいどう》を見《み》た。

「あの道《みち》のどれかをたどっていけば、きっと水《みず》がいっぱいあるところにでて、緑色《みどりいろ》の女《おんな》の人《ひと》のところにたどり――。」

ふいに、低《ひく》いうなり声《ごえ》がマンホールじゅうにひびいた。

ブリジットが、おびえた声《こえ》でいった。

「ラリー、あなたのおなかがグーグー鳴《な》ってるの？　それとも、へんな音《おと》のするものを飲《の》みこんだ？」

「……おれさまは知《し》らないぜ。」

ヘビのラリーは気味悪《きみわる》そうに、首《くび》をすくめた。

ナイジェルはプールに背《せ》をむけて立《た》つと、右手《みぎて》に持《も》ったたいまつであたりを照《て》らした。みんなの目《め》が、ぎょっとしたように大《おお》きく見《み》ひらかれた。

「どうしたの？」

ナイジェルは不思議《ふしぎ》そうな顔《かお》で、目《め》をきょろきょろさせた。ポチャン！　水《みず》のはねる音《おと》がした。ナイジェルは、うしろをふりかえった。

「あわわ……。」

緑色《みどりいろ》の大《おお》きな物体《ぶったい》が、プールの水面《すいめん》からゆっくりとうかびあがった。ワニだ！　しかも二頭《とう》いるではないか。

大蛇《だいじゃ》のくせに気《き》の弱《よわ》いラリーは、シュッととぐろをまいて小《ちい》さくなった。キリンのブリジットはあとずさりながら、ふるえる声《こえ》でつぶやいた。

「……あのうわさは、ほんとうだったんだわ。」

アパートで飼《か》いきれなくなったワニの赤《あか》ん坊《ぼう》をトイレに流《なが》すため、ニューヨークの下水道《げすいどう》にはワニがうじゃうじゃいるらしい、といううわさのことだ。

二頭《とう》のワニが、ずんずんと近《ちか》づいてくる。サムソンはみんなをまもるために、うしろ足《あし》ですっくと立《た》ちあがった。その背中《せなか》にかくれて、ラリー、ナイジェル、ブリジットは、ぶるぶるふるえていた。

ワニの片割《かたわ》れが、巨大《きょだい》な口《くち》をのっそりとひらいた。

「忠告《ちゅうこく》してやるが、どうやらおまえたち、来《く》る場所《ばしょ》をまちがえたようだな。」

気味《きみ》の悪《わる》い声《こえ》が、地下道《ちかどう》にひびいた。

「わたしたちは、水《みず》がいっぱいある広《ひろ》いところに行《い》くつもりなんだ。ナイジェル、わたしたちがさがしているものを、見《み》せてやってくれ。」

サムソンにいわれ、コアラのナイジェルはびくびくしながら前《まえ》にでると、自由《じゆう》の女神像《めがみぞう》のポーズをとった。

「ナイジェル。たいまつは右手《みぎて》じゃなかった？」

ブリジットが小声《こごえ》で注意《ちゅうい》した。ナイジェルはいそいで、たいまつを左手《ひだりて》から右手《みぎて》に持《も》ちかえた。

「緑色《みどりいろ》の女《おんな》の人《ひと》って、いってなかったか？」

ヘビのラリーがいうと、ナイジェルは口《くち》をとがらせた。

「そんなのむりだ。緑色《みどりいろ》にはなれないよ。」

「こいつら、何《なに》をいってるんだ？　おまえはわかったか、カーマイン？」

カーマインと呼《よ》ばれたもう一頭《とう》のワニは、はでな水《みず》しぶきをあげながら、ばかでかい頭《あたま》を横《よこ》にふった。

「なんの話《はなし》か、さっぱりだぜ、スタン。」

「ナイジェル、ほら、頭《あたま》のあれを……。」

サムソンがいうと、ナイジェルはうなずいて、前足《まえあし》のつめを冠《かんむり》のように頭《あたま》の上《うえ》でひろげてみせた。

二頭《とう》のワニの表情《ひょうじょう》が、がらりとかわった。

「ああ、角《つの》のはえてる、でかい女《おんな》のことか。」

カーマインは相棒《あいぼう》のスタンに、にやりと笑《わら》いかけた。二頭《とう》のワニは、なるほどというように、うなずきあった。

「そうか！　おまえたちは観光客《かんこうきゃく》か。だったら教《おし》えてやろう。その女《おんな》に会《あ》いたかったら、港《みなと》に行《い》けばいい。それには、ブロードウェイの下水《げすい》を通《とお》っていくんだ。」

カーマインが得意《とくい》げに教《おし》えると、スタンが横《よこ》から口《くち》をだした。

「ブロードウェイの下水《げすい》だって？」

「それのどこが悪《わる》い？」

カーマインはむっとした。

いまや二頭《とう》のワニはうしろ足《あし》で立《た》ちあがり、夢中《むちゅう》になって言《い》い争《あらそ》いをしている。

あっちの道《みち》がいい！　いや、そっちは工事中《こうじちゅう》だ！　じゃあ、こっちはどうだ？

二頭《とう》のワニのやりとりを見《み》まもっていたサムソンは、たまりかねて口《くち》をはさんだ。

「きみたち、いったい協力《きょうりょく》してくれる気《き》はあるのか、どうなんだ？」

カーマインは巨大《きょだい》な歯《は》を見《み》せて、にやりと笑《わら》った。

「もちろん、協力《きょうりょく》してやるとも。なんたって、動物《どうぶつ》どうし。たすけ合《あ》わないとな。」

「おしゃべりはもういいだろう、カーマイン？　じゃあ、行《い》くぞ。ついてこい。」

サムソンと仲間《なかま》は二頭《とう》のワニのあとについて、真《ま》っ暗《くら》な下水道《げすいどう》をすすんでいった。

「スタン！　おまえ、こいつがだれか知《し》ってるか？」

ふいにワニのカーマインが声《こえ》をあげ、コアラのナイジェルをふりかえった。

な、なんだ？　ナイジェルは思《おも》わず、あとずさった。

「ほれ、あのしゃべるコアラの仲間《なかま》だよ！」

カーマインは得意《とくい》げに、相棒《あいぼう》に教《おし》えた。

「ああ、あの『ぼくはとってもキュートなコアラ。きみが大《だい》すき』のコアラか。なんとまあ、こいつはゆかいだ。」

相棒《あいぼう》のスタンの笑《わら》い声《ごえ》が、下水道《げすいどう》にひびいた。

「あのしゃべるコアラなら、このあたりの下水《げすい》にしょっちゅう流《なが》れてくるぜ。」

カーマインはそういって、ばかにしたように鼻《はな》をならした。

にくたらしい人形《にんぎょう》め。こんど見《み》つけたら、ただじゃおかないぞ！　ナイジェルは胸《むね》の中《なか》でつぶやいた。

8　遠《とお》ざかる緑《みどり》の箱《はこ》

サムソン、ナイジェル、ラリー、ブリジットは、地上《ちじょう》にでた。ワニの道案内《みちあんない》のおかげで、マンホールから直接《ちょくせつ》、港《みなと》にでることができた。まだ夜明《よあ》け前《まえ》だというのに、埠頭《ふとう》では船《ふね》が何隻《なんせき》も横《よこ》づけされ、巨大《きょだい》なクレーンがいそがしくコンテナを積《つ》みあげている。さいわい、人《ひと》のすがたは見《み》えなかった。

埠頭《ふとう》に何列《なんれつ》もならんでいるコンテナの一つに、サムソンはとびのった。ヘビのラリーが心配《しんぱい》そうに問《と》いかけた。

「だいじょうぶかい？　ここでいいんだよな？」

ぶるる、コアラのナイジェルは体《からだ》をふるわせた。

「どんなところだろうと、うかれたワニどもさえいなけりゃ、それだけでまともだよ。」

「サムソン、そこから何《なに》か見《み》える？」

キリンのブリジットが下《した》から声《こえ》をかけた。サムソンはニューヨークの港《みなと》をじっと見《み》つめたまま、答《こた》えた。

「ああ、見《み》えるとも。」

ブリジットは、ラリーとナイジェルを長《なが》い首《くび》にぶらさげてコンテナにとびのり、あたりを見《み》まわした。港《みなと》にうかぶ小《ちい》さな島《しま》に、緑色《みどりいろ》の自由《じゆう》の女神像《めがみぞう》が立《た》っているではないか。右手《みぎて》に高々《たかだか》とたいまつをかかげて。サムソンたちは知《し》らないが、王冠《おうかん》の七本《ほん》の角《つの》は、世界《せかい》の七つの大陸《たいりく》と七つの海《うみ》をあらわしているものだ。

「わあ、ほらあそこに、あの緑色《みどりいろ》の女《おんな》の人《ひと》がいるわ。ちゃんと角《つの》もはえてる。」

ブリジットは、感動《かんどう》してつぶやいた。

やっと、ここまでたどりついたのだ。みんなは自由《じゆう》の女神像《めがみぞう》をじっと見《み》つめた。

水平線《すいへいせん》から、朝日《あさひ》がゆっくりとのぼってくる。コアラのナイジェルが、はっとした顔《かお》でいった。

「夜《よ》が明《あ》けちゃう。早《はや》くライアンを見《み》つけないと。」

ハトのハミールの話《はなし》では、緑《みどり》の箱《はこ》は朝日《あさひ》がのぼるころ船《ふね》にのせられ、それきり二度《ど》ともどってはこないということだった。

サムソンは緊張《きんちょう》した顔《かお》で、仲間《なかま》をふりかえった。

「ライアンの入《はい》っている緑《みどり》の箱《はこ》は、どこかこの近《ちか》くにあるはずなんだ。だから、おまえたちは――。」

「箱《はこ》を見《み》つけたら大声《おおごえ》で知《し》らせろってことだろ？　あそこにある箱《はこ》みたいなやつをさがせば、いいんだろ？」

ヘビのラリーが横《よこ》から口《くち》をだして、一隻《せき》の貨物船《かもつせん》をしっぽでさした。船《ふね》の甲板《かんぱん》には、『動物園《どうぶつえん》―アフリカ』と書《か》かれた緑色《みどりいろ》のコンテナがぎっしりと積《つ》まれている。あれだ、まちがいない！　サムソンは興奮《こうふん》してさけんだ。

「まだ、まにあう！　行《い》こう！」

みんなは、かけだした。埠頭《ふとう》に迷路《めいろ》のように置《お》かれたコンテナのあいだをすりぬけ、フォークリフトやクレーンをよけながら、いっしょうけんめいに走《はし》った。はあはあ息《いき》を切《き》らしながら、ようやく船《ふね》の前《まえ》までたどりついた。

サムソンは、ほっとため息《いき》をついた。栈橋《さんばし》の手《て》すりに近《ちか》づいていった、そのときだった。ふいに、船《ふね》が動《うご》きだした！

せっかく目《め》の前《まえ》まで来《き》たのに！

「待《ま》て、待《ま》ってくれ！」

サムソンは手《て》すりから身《み》をのりだして、必死《ひっし》にさけんだ。けれど、船《ふね》はゆっくりと遠《とお》ざかっていく。

「ライアンが乗《の》ってるんだ！　あの船《ふね》をとめなくては！」

ヘビのラリーがサムソンの体《からだ》にまきついて、手《て》すりからひきもどした。

「よせ、サムソン。海《うみ》に落《お》っこちちゃうよ！」

「……またしても、まにあわなかった。」

動物園《どうぶつえん》からトラックでつれさられるときの、ライアンの悲《かな》しいさけび声《ごえ》がよみがえってきた。ライアン、すまない。こんどもたすけてやれなかった。父親失格《ちちおやしっかく》だ。

サムソンは、がっくりと肩《かた》を落《お》とした。

その横《よこ》でラリーは、遠《とお》くに小《ちい》さく見《み》える船《ふね》にしっぽをふった。

「ライアン、あばよ。さびしいなあ。」

ハトのハミールのいうとおり、ほんとうに二度《ど》と会《あ》えないのだろうか？　いや、そんなはずはない。きっと何《なに》か方法《ほうほう》があるはずだ。なんとしても、ライアンをさがしてみせるぞ。このままでいるものか！

サムソンが考《かんが》えていると、突然《とつぜん》、下《した》からエンジン音《おん》がひびいてきた。いきなり足《あし》もとの板《いた》がゆれて、みんなはよろよろと、手《て》すりにつかまった。コアラのナイジェルがさけんだ。

「なんだ、なんなんだ？」

キリンのブリジットは長《なが》い首《くび》を持《も》ちあげて、あたりを見《み》まわした。先《さき》のほうの小《こ》部屋《べや》で、男《おとこ》がハンドルのようなものをにぎっているのが見《み》えた。

「人間《にんげん》よ。でも、動物園《どうぶつえん》の人《ひと》じゃないみたい。」

じつはサムソンたちがいるのは、桟橋《さんばし》ではなく、船《ふね》の上《うえ》だった。みんながつかんでいる手《て》すりは、甲板《かんぱん》の手《て》すりだったのだ。そしていま、船《ふね》はサムソンたちを乗《の》せて、ライアンの乗《の》った船《ふね》とは反対方向《はんたいほうこう》にすすんでいる！

どうしたらいいのだろう？　サムソンが頭《あたま》をかかえていると、ナイジェルがぱっと顔《かお》をかがやかせた。何《なに》かひらめいたようだ。

「ほら、あれをやったらどう？　お得意《とくい》の作戦《さくせん》を。」

作戦《さくせん》？　なんの作戦《さくせん》だ？　サムソンはわからなかった。が、ブリジットはすぐにピンときたようだった。サムソンに近《ちか》づくと、大《おお》きな足《あし》で思《おも》いきりしっぽをふんづけた。

い、いたい！　思《おも》わず、サムソンはほえた。

ウォー！

突然《とつぜん》とどろいた獣《けもの》のほえ声《ごえ》に、舵《かじ》をとっていた男《おとこ》は、びっくりしてふりかえった。

なんと、甲板《かんぱん》に動物《どうぶつ》が、しかもライオンや大蛇《だいじゃ》がいるではないか！

男《おとこ》は悲鳴《ひめい》をあげ、海《うみ》にとびこんだ。

「これで問題《もんだい》の一つは、かたづいたぞ。」

ナイジェルは得意《とくい》げに胸《むね》をはった。

操舵室《そうだしつ》では、舵輪《だりん》がくるくるとまわっている。ヘビのラリーはうっとりとした顔《かお》で、それを見《み》た。

「おもしろそう！」

そうつぶやくと、しっぽの先《さき》で舵輪《だりん》をつっついた。子《こ》どもが扇風機《せんぷうき》をつっつくときのように、興味《きょうみ》しんしんの顔《かお》で。と、しっぽが舵輪《だりん》にからまり、たちまち全身《ぜんしん》がまきこまれてしまった。

「ひえー！」

「まだ災難《さいなん》が残《のこ》ってた。」

ナイジェルはため息《いき》をついた。

「た、たすけてくれえー！」

くるくるまわりながら、ラリーの頭《あたま》がエンジンのレバーにぶつかった。ブオーン！　船《ふね》はいきなりスピードをあげた。

「ラリー、いったい何《なに》をしたんだ？」

サムソンがどなりつけた。

「どうやって舵《かじ》をとればいいの？　だれか、知《し》らない？」

ブリジットが、あわててさけんだ。答《こた》えはすぐにわかった。

「知《し》ってるわけない！　あたしたち、動物《どうぶつ》なんだもの！」

サムソンはなんとかして、ラリーの体《からだ》を舵輪《だりん》からひきはなそうとした。と、そのとき、船《ふね》の向《む》きが変《か》わっていることに気《き》づいた。しかも目《め》の前《まえ》に、巨大《きょだい》な客船《きゃくせん》が！

「わー！」

ナイジェルの悲鳴《ひめい》がひびいた。客船《きゃくせん》はぐんぐん近《ちか》づいてくる！

「よし、まかせろ！」

サムソンは舵輪《だりん》をつかんで、力《ちから》いっぱいまわした。間一髪《かんいっぱつ》！　サムソンたちの船《ふね》は、客船《きゃくせん》をかすめるようにして向《む》きを変《か》えた。

みんなはため息《いき》をついた。ナイジェルはぜいぜいあえぎながら、つぶやいた。

「ま、たいしたことなかったな。」

サムソンは、船《ふね》を動《うご》かすのが楽《たの》しくなってきた。舵輪《だりん》をまわしながら、にんまりと笑《わら》った。よし、さっそくライアンの乗《の》った船《ふね》を追《お》いかけるぞ！

「いいぞ！　船《ふね》もなかなかおもしろいじゃないか。わたしは海《うみ》のライオンだ！」

「おみごとです、船長《せんちょう》！」

ナイジェルが敬礼《けいれい》をした。

そのとき、ブリジットの冷静《れいせい》な声《こえ》がひびいた。

「お楽《たの》しみのところ悪《わる》いけど。でも、このさわぎのせいで、ライアンの乗《の》った船《ふね》を見失《みうしな》っちゃったみたいよ。」

みんな、いっせいにだまりこんだ。

ブリジットは、はてしなくひろがる水平線《すいへいせん》をじっと見《み》つめた。

「なんにも見《み》えない。ライアンは消《き》えちゃったわ。」

9　野生《やせい》の世界《せかい》に上陸《じょうりく》

ところで、リスのベニーは、その後《ご》どうしたのだろう？　じつは、サムソンたちがニューヨーク港《こう》から船出《ふなで》したそのころ、ベニーも同《おな》じ大西洋《たいせいよう》にいた。ただし海上《かいじょう》ではなく、上空《じょうくう》に。大西洋《たいせいよう》の空《そら》の上《うえ》を、カナダガンの背中《せなか》に乗《の》って飛《と》んでいたのだ。カナダガンはカモの一種《いっしゅ》で、首《くび》の長《なが》い大《おお》きな鳥《とり》だ。

「ネルソン、あれだ！」

ベニーはぽつんと見《み》える貨物船《かもつせん》を指《ゆび》さして、カナダガンのネルソンにさけんだ。

「緑《みどり》の箱《はこ》が見《み》える！　あ、あっちに仲間《なかま》もいるぞ！」

思《おも》いがけない発見《はっけん》に、ベニーは興奮《こうふん》した。船《ふね》の手《て》すりから長《なが》い首《くび》をつきだしているキリン、あれはブリジットではないか！

「いとしいブリジット！　いま会《あ》いに行《い》くからね！」

ネルソンを先頭《せんとう》に、カナダガンの群《む》れがV《ブイ》の字形《じがた》にならび、船《ふね》をめがけてつっこんでいった。

「あー！」

ベニーは悲鳴《ひめい》をあげ、ネルソンの首《くび》にしがみついた。

一方《いっぽう》、ひょんなことから海《うみ》にでてしまったサムソンたちは、船《ふね》の上《うえ》で頭《あたま》をひねっていた。いったい、どっちの方角《ほうがく》にすすめばいいのだろうか？

「太陽《たいよう》の反対側《はんたいがわ》にすすむとしよう。」

サムソンが提案《ていあん》すると、コアラのナイジェルが反対《はんたい》した。

「いや、太陽《たいよう》にむかったほうがいい。北《きた》にすすむんだ！　船《ふね》の右側《みぎがわ》……いや、左側《ひだりがわ》

だ！　いいから、ぼくのいうとおりにしてよ！」

ふたりのやりとりをきいて、キリンのブリジットがぷりぷりおこった。

「まったく！　これじゃ、いくらたっても解決《かいけつ》しやしないわ。あーあ、すばらしいアイディアが空《そら》からふってきてくれないかしら！」

まさにそのとき、空《そら》の上《うえ》から何《なに》かが、バタバタと落《お》ちてきた。ベニーを乗《の》せたカナダガンのネルソンが、ブリジットめがけて急降下《きゅうこうか》してきたのだ。

ドスン！

「きゃあ！」

何《なに》かが頭《あたま》の上《うえ》に落《お》ちてきて、ブリジットは悲鳴《ひめい》をあげた。

「コウモリ？　コウモリなの？　どけて！　コウモリをどけて！」

落《お》ちてきたのがベニーだとも知《し》らずに、ブリジットははげしく頭《あたま》をふった。リスのベニーの小《ちい》さな体《からだ》は、甲板《かんぱん》にすっとんでいった。

「まあ、ベニー！」

ブリジットはびっくりして、甲板《かんぱん》を見《み》おろした。ベニーは目《め》を白黒《しろくろ》させて、のびている。

「だいじょうぶ、ベニー？」

ブリジットが心配《しんぱい》そうにきくと、ベニーはよろよろと起《お》きあがった。

「だいじょうぶだとも、お姫《ひめ》さま。」

次々《つぎつぎ》に舞《ま》いおりてくるカナダガンの群《む》れを見《み》て、みんなは目《め》をまるくした。

「ベニー、でかした。よく来《き》たな！」

サムソンにほめられ、リスのベニーはうれしそうに笑《わら》った。

「なんたって、きみとおれとは親友《しんゆう》だ。親友《しんゆう》はだいじにしないと。走《はし》っているトラックからおれをつき落《お》とすようなひどい連中《れんちゅう》も、いちおうは仲間《なかま》だからな。」

そういってベニーは、ほかのみんなをじろりとにらんだ。

「すまなかったなあ。でも、おれさまはちがうぜ。もどっておまえをたすけようって、みんなにいったんだ。ま、おれの友情《ゆうじょう》は、おまえもわかってるだろうけど。」

ヘビのラリーのうそに、サムソンは目《め》をくるりとまわした。まったく、あきれたお調子《ちょうし》ものだ。けれど、はっとわれにかえり、ベニーにたずねた。

「空《そら》からライアンの船《ふね》が見《み》えなかったか？」

ベニーは、にっこりと笑《わら》った。

「それが見《み》えたんだ。しかも、運《うん》のいいことに、おれたちにはカナダガンがいる。」

ベニーはネルソンを指《ゆび》さして、自慢《じまん》げにつづけた。

「なんたってカナダガンは、海《うみ》の上《うえ》を旅《たび》する名人《めいじん》だ。」

「やあ、よろしく。」

ネルソンがあいさつをすると、コアラのナイジェルがさっそくしゃしゃりでた。

「ねえ、ところで、カナダってコアラが住《す》みやすい国《くに》だってきくけど、ほんと？」

「ナイジェル、わたしに話《はなし》をさせてくれ。」

サムソンはナイジェルをおしのけ、カナダガンのネルソンにいった。

「わたしの息子《むすこ》が、この海《うみ》のどこかにいる。どうか、たすけてもらいたい。息子《むすこ》の船《ふね》に案内《あんない》してもらえるか？」

「いいとも。おれたちのあとに、ついてきてくれ。心配《しんぱい》しなさんなって！」

ネルソンは、陽気《ようき》に答《こた》えた。カナダガンの群《む》れはふたたびV《ブイ》の字形《じがた》になって、船《ふね》から飛《と》び立《た》った。

「あんまりおくれないでついてきてくれ、いいか？」

先頭《せんとう》を行《い》くネルソンが、空《そら》からさけんだ。

サムソンは、わくわくしてきた。動物園《どうぶつえん》をでてからはじめて、ライアンをさがすまたとない手《て》がかりをつかんだのだ。ライアン、待《ま》っていろよ。かならずたすけてやるぞ。

「ベニー、ありがとう。」

サムソンは古《ふる》いつきあいの親友《しんゆう》に、にっこりと笑《わら》って礼《れい》をいった。ベニーもにっこりと笑《わら》い、返事《へんじ》のかわりに親指《おやゆび》を立《た》てた。


カナダガンの教《おし》えてくれた方向《ほうこう》にしたがい、高波《たかなみ》やあらしをのりこえながら、船《ふね》はすすんでいった。南《みなみ》にむかって旅《たび》をしているのか、日《ひ》がたつにつれて、どんどん暑《あつ》さがきびしくなっていく。

「もういやだ！　暑《あつ》くてがまんできない！」

コアラのナイジェルは、ぎらぎら照《て》りつける太陽《たいよう》をうらめしそうに見《み》あげ、プラスチックのたいまつをふりあげた。ニューヨークからずっとはなさず持《も》ってきた、自由《じゆう》の女神像《めがみぞう》の模型《もけい》のたいまつだ。

「太陽《たいよう》のやつ、ぼくらをからかいやがって！　ばかにするなよ！」

ナイジェルは次《つぎ》に、サムソンに怒《いか》りをぶつけた。

「船長《せんちょう》、アイスクリームはある？　このままじゃ、船員《せんいん》たちが反乱《はんらん》を起《お》こすぞ！」

かんかん照《で》りの日《ひ》が何日《なんにち》もつづいたうえに、ろくに食《た》べるものもないため、ナイジェルはすっかりおこりっぽくなっていた。

「いますぐアイスクリームをくれないなら、海《うみ》につき落《お》とすぞ、船長《せんちょう》！」

「ナイジェル……。」

サムソンは、うんざりといった表情《ひょうじょう》だった。暑《あつ》さと空腹《くうふく》でまいっているのは、みんなも同《おな》じだ。だが、ナイジェルは自分《じぶん》のことしか頭《あたま》にないようだ。

「ぼくは海《うみ》に落《お》ちたほうがいい。こんな船旅《ふなたび》は、もうごめんだ！」

ナイジェルは、甲板《かんぱん》をドスドスと歩《ある》きまわった。その首根《くびね》っこを、サムソンがつかもうとした、そのときだった。

ドッスン！　ふいに、船《ふね》が何《なに》かにぶつかった。

その衝撃《しょうげき》で、長旅《ながたび》でつかれきっていたみんなは、よろよろとたおれた。ナイジェルはキリンのブリジットの下《した》じきになったまま、サムソンにさけんだ。

「船長《せんちょう》、氷山《ひょうざん》にぶつかったみたいだぞ！」

氷山《ひょうざん》？　こんなに暑《あつ》いのに、どこに氷山《ひょうざん》があるんだ？　サムソンたちは、きょろきょろとあたりを見《み》まわした。

ナイジェルはやっとのことで、ブリジットの大《おお》きな体《からだ》の下《した》からはいでると、

「船《ふね》といっしょに沈《しず》ませてくれ！」

わめきながら、海《うみ》にとびこんだ。

みんなはあわてて手《て》すりにかけよった。が、すぐにあんぐりと口《くち》をひらいた。ナイジェルは、たいまつを手《て》にしたまま、砂浜《すなはま》にころがっているではないか。

船《ふね》は、どこか熱帯《ねったい》の島《しま》の砂浜《すなはま》に乗《の》りあげていたのだ。ライアンを乗《の》せた船《ふね》も、こ

の島《しま》のどこかにとまっているはずだ。

「まあ……。」

遠《とお》くにひろがるこんもりとした黒《くろ》い影《かげ》を見《み》て、ブリジットは口《くち》をつぐんだ。あれはジャングルにちがいない。野生《やせい》の世界《せかい》に、やってきたのだ！

動物園《どうぶつえん》の中《なか》しか知《し》らない自分《じぶん》たちとくらべて、サムソンは野生《やせい》の世界《せかい》で生《う》まれ育《そだ》ったライオンだ。さぞかし、わくわくしているにちがいない。ブリジットはそう思《おも》い、サムソンをふりかえった。

「あなたにとっては、ものすごくなつかしい場所《ばしょ》でしょう？」

サムソンはゴクリとつばをのみ、遠《とお》くのジャングルを見《み》つめた。

「ああ、ひさしぶりだ。」

そう返事《へんじ》をして、親友《しんゆう》のベニーと目《め》を合《あ》わせた。

10　ジャングルの冒険《ぼうけん》

サムソンたちはあたりを注意深《ちゅういぶか》く観察《かんさつ》しながら、港《みなと》にむかっていった。

ヘビのラリーがさけんだ。

「おい、あれを見《み》ろ！　緑《みどり》の箱《はこ》をおろしているぞ！」

はるばるニューヨークから、貨物船《かもつせん》にゆられてやってきた緑色《みどりいろ》のコンテナが、クレーンにつりあげられて、つぎつぎに地面《じめん》におろされている。

みんなは、そのコンテナのかげから、そっとのぞいた。が、思《おも》いがけない光景《こうけい》に、目《め》を見《み》はった
埠頭《ふとう》には大《おお》きな檻《おり》があり、その中《なか》に何《なん》十頭《とう》もの動物《どうぶつ》がいる。船《ふね》で運《はこ》ばれてきた動《どう》

物《ぶつ》か？　いや、ちがう。そのぎゃくだ。動物《どうぶつ》たちは、船《ふね》からおろされた空《から》のコンテナに入《い》れられているのだ。

「緑《みどり》の箱《はこ》に、動物《どうぶつ》をとじこめてる。どういうことだ？」

リスのベニーが首《くび》をかしげた。と、そのとき、地《じ》ひびきがとどろいた。音《おと》のするほうをふりかえると、ジャングルの山《やま》から、煙《けむり》がもくもくとのぼっていく。

「なあ、緑《みどり》の箱《はこ》と、あの山《やま》と、何《なに》か関係《かんけい》あるのかな？」

そういってヘビのラリーは、しっぽを煙《けむり》をはいている火山《かざん》にむけた。

それが火山《かざん》だということを、サムソンたちは知《し》らなかった、が、その山《やま》がいまにも爆発《ばくはつ》しそうなようすだということは、わかった。だから、この島《しま》の動物《どうぶつ》たちを安《あん》全《ぜん》なほかの場所《ばしょ》に移《うつ》すために、コンテナが運《はこ》ばれてきたのだろう。

サムソンは不安《ふあん》になった。ぐずぐずしてはいられない。一刻《いっこく》も早《はや》くライアンをさがさなくては。

一方《いっぽう》、ライアンは、自分《じぶん》の入《はい》った箱《はこ》が持《も》ちあげられるのを感《かん》じた。が、いきなり真下《ました》にたたきつけられた。クレーンからコンテナがすべり落《お》ちてしまったのだ。地面《じめん》に落《お》ちた拍子《ひょうし》に、箱《はこ》のとびらが少《すこ》しあいた。ライアンは思《おも》いきりとびらに体《たい》当《あ》たりして、表《おもて》にとびだした。やった！　やっと箱《はこ》からでられたんだ！

「ライオンだ！　気《き》をつけろ！」

船《ふね》の乗組員《のりくみいん》が、びっくりしてさけんだ。

猛《もう》スピードでかけていくライオンの子《こ》どもを見《み》て、コンテナに入《い》れられるのを待《ま》っていた動物《どうぶつ》たちは、ぎょっとした。

プァー！

おどろいたゾウがうしろ足《あし》で立《た》ち、ラッパのような鳴《な》き声《ごえ》をひびかせた。その声《こえ》で、まわりの動物《どうぶつ》たちはさらにあわてふためいた。

火山《かざん》を見《み》ていたサムソンたちは、動物《どうぶつ》のけたたましい鳴《な》き声《ごえ》に気《き》づいて、ふりかえった。ライアンだ！　サムソンは、思《おも》わず目《め》を見《み》はった。ライアンがジャングルにむかって走《はし》っているではないか！

「ライアン！」

やった！　見《み》つけたぞ！　サムソンは息子《むすこ》を追《お》いかけていった。が、動物《どうぶつ》たちの鳴《な》き声《ごえ》にかきけされ、サムソンの声《こえ》はライアンにはとどかなかった。

ライアンは必死《ひっし》に走《はし》っていた。早《はや》く逃《に》げなくちゃ。ここがどこかはわからないけれど、もう箱《はこ》にとじこめられるのは、いやだ！

あっというまに、ライアンのすがたはジャングルに消《き》えてしまった。

「ライアン！」

息子《むすこ》の名《な》を呼《よ》びながら、サムソンはいっしょうけんめいに追《お》いかけた。気《き》づいたときには、ジャングルの真《ま》っただ中《なか》にいた。周囲《しゅうい》は先《さき》が見《み》とおせないほど、うっそうと木《き》がおいしげっている。どこにも、ライアンの手《て》がかりはない。せっかく見《み》つけたのに。悪《わる》い夢《ゆめ》を見《み》ているとしか思《おも》えなかった。

ぼうぜんとしているサムソンの横《よこ》に、いつのまにか、リスのベニーが来《き》ていた。

「信《しん》じられん！」

サムソンはベニーを見《み》ると、首《くび》をふった。

「目《め》の前《まえ》にライアンがいたんだ！　すぐそこにいた！　なのに、つかまえられなかった。こんなジャングルの中《なか》では、さがしようがない。ここがどれくらい広《ひろ》いか、わかるか？」

ベニーはサムソンの鼻《はな》をピシャリとたたいて、はげました。

「しっかりしろ。ライオンの本能《ほんのう》をはたらかせろよ。」

サムソンが鼻《はな》をさすっていると、キリンのブリジットがよろよろとあらわれた。

首《くび》に、ヘビのラリーとコアラのナイジェルをぶらさげている。

「走《はし》るのは、もうたくさんだ！」

ブリジットの首《くび》からとびおりてナイジェルが文句《もんく》をいうと、ブリジットもぜいぜいあえぎながら、

「ほんと。こんなことなら、トレーニングしとけばよかったわ。」

「だいじょうぶ。これからきちんと計画《けいかく》を立《た》てるから。まず、いったん船《ふね》にもどって……。」

ベニーが説明《せつめい》をしていると、突然《とつぜん》、サムソンが地面《じめん》から顔《かお》をあげた。

「やった！　ライアンのにおいをかぎつけたぞ！」

サムソンは、またもいきなり走《はし》りだしていった。

「においをかぎつけたって？　やった！　すごいぞ、サムソン！　さあみんな、行《い》こう！」

ベニーは大《おお》よろこびで、あとを追《お》いかけていった。

「待《ま》って、おいていかないで！」

ブリジットは首《くび》にラリーをぶらさげたまま、あわてて、近《ちか》くのつるをとびこえた。あとをついていくナイジェルの顔《かお》に、ブリジットの長《なが》い足《あし》にけられたつるがピシャリとあたった。

「あーあ。こんなに走《はし》りまわるなんて、うんざりだ。車《くるま》がほしいよ！」

ナイジェルはぶつぶつ、つぶやいた。


ライアン、待《ま》っていろよ。サムソンは息子《むすこ》のにおいをたどり、走《はし》っていった。まちがいない、こっちだ！　動物《どうぶつ》の気配《けはい》がする！

「みんな、ライアンを見《み》つけたぞ！」

うしろから追《お》いかけてくる仲間《なかま》たちに声《こえ》をかけ、目《め》の前《まえ》においしげる木《き》の枝《えだ》を、さっとはらった。

が、ライアンのすがたは、どこにも見《み》えない。まるまるとした茶色《ちゃいろ》の小《ちい》さな動物《どうぶつ》が、切《き》り株《かぶ》に腰《こし》をおろしているだけだった。イワダヌキだ。

「ちゃんとノックしてくれないか?」

イワダヌキは、むっとした顔《かお》で文句《もんく》をいった。切《き》り株《かぶ》は中《なか》が空洞《くうどう》になっていて、イワダヌキはいつもそれをトイレがわりに使《つか》っている。いまも、用《よう》をたしている最《さい》中《ちゅう》だったのだ。

「わたしの息子《むすこ》はどこだ? ここを通《とお》らなかったか?」

サムソンは、きょろきょろとあたりを見《み》まわした。

「ああ、そういわれてみれば、通《とお》っていったな。」

イワダヌキは地面《じめん》にとびおりると、切《き》り株《かぶ》のトイレに顔《かお》をつっこんで、いやみっぽい口調《くちょう》でいった。

「よう、でてこいよ、赤《あか》ちゃんライオン。パパがおむかえに来《き》てるぜ。ワオッ、こりゃおどろいた。トイレの底《そこ》にライオンがいっぱいいるぞ。」

サムソンは、がっくりと頭《あたま》をたれた。ライアンだと思《おも》ったのは、イワダヌキのにおいだった。息子《むすこ》のにおいもかぎわけられないとは。またしても、父親失格《ちちおやしっかく》だ。

そこへ仲間《なかま》たちが、追《お》いついてやってきた。

キリンのブリジットはイワダヌキを見《み》て、がっかりした声《こえ》をだした。

「ライアンのにおいをかぎつけたっていうから、よろこんだのに。」

「いや、たしかに、においはかぎつけたんだ。」

サムソンは自分《じぶん》の失敗《しっぱい》をかくそうと、いいわけをした。

「だが、どうやら獲物《えもの》をつかまえて食《た》べたいという……野生《やせい》の本能《ほんのう》が目《め》をさましてしまったらしい。このところずっと、腹《はら》をすかせていたものだから。」

「そりゃそうだ！　野生《やせい》の本能《ほんのう》がいつ目《め》ざめるかなんて、わかりっこないものな。」

リスのベニーはサムソンをかばうように、ポンと背中《せなか》をたたいた。

コアラのナイジェルが、ぱっと顔《かお》をかがやかせた。

「やったぞ！　伝説《でんせつ》のサムソンが復活《ふっかつ》するのを、この目《め》で見《み》られる！」

「ナイジェル、わたしだって見《み》せてあげたいが、あいにくと時間《じかん》が……。」

サムソンは、適当《てきとう》ないいわけを口《くち》にしてしまったことを後悔《こうかい》した。一刻《いっこく》も早《はや》くライアンを見《み》つけだしたい。そうしてこのジャングルから脱出《だっしゅつ》し、動物園《どうぶつえん》にもどりたい。いまのサムソンの頭《あたま》には、それしかなかった。

「時間《じかん》の心配《しんぱい》ならいらないよ、サムソン。獲物《えもの》なら、ここにいるじゃないか！」

ナイジェルは興奮《こうふん》してさけぶと、イワダヌキを地面《じめん》からつまみあげ、ピシャリとたたいた。イワダヌキはぐったりとした。

「そんな！　見《み》てられないわ。」

ブリジットは顔《かお》をそむけ、目《め》をつぶった。が、そっと片目《かため》をあけた。

「でも、やっぱり、見《み》ておかないと！」

イワダヌキは覚悟《かくご》を決《き》め、食《た》べられるのを待《ま》っている。サムソンは獲物《えもの》をじっと見《み》つめ、手《て》にとると、口《くち》の前《まえ》に運《はこ》んだ。

みんなは、息《いき》をのんで見《み》まもった。

が、サムソンはイワダヌキを地面《じめん》に落《お》とすと、がっくりとうなだれた。生《い》きている動物《どうぶつ》を食《た》べるなんて、むりだ。できっこない。生《う》まれてから一度《ど》も食《た》べたことがないのだから。

「野生《やせい》のライオンが、獲物《えもの》を逃《に》がすなんて。」

ブリジットは、あっけにとられた。

ベニーはそわそわと、落《お》ちつかなかった。サムソンは仲間《なかま》になんといいわけをするつもりなのか。それが心配《しんぱい》だった。

イワダヌキは体《からだ》についた泥《どろ》をぱっぱとはらうと、サムソンをにらみつけた。

「どういうつもりだ？　おれはそんなに、まずそうか？」

「いや、わたしはただ、イワダヌキのアレルギーなんだ。」

サムソンのいいわけは、イワダヌキをよけいおこらせただけだった。

「ほう、そうかい。」

イワダヌキは大胆《だいたん》にもサムソンに近《ちか》づいて、わめきたてた。

「おれをもてあそぶつもりかい？　まず、おれをはらはらさせといて、次《つぎ》に逃《に》がしてやるふりをして、ガブッとやる気《き》なのか？　ふん、わくわくするぜ！」

サムソンはイワダヌキに背《せ》をむけて、仲間《なかま》をふりかえった。

「行《い》こう。ライアンはまだ遠《とお》くまで行《い》っていないはずだ。」

「よう！　こっちの話《はなし》はまだすんじゃいないぜ！」

イワダヌキは、かん高《だか》い声《こえ》で抗議《こうぎ》した。

「おれを食《く》ったらうまいぞ。なんたって、大自然育《だいしぜんそだ》ちだからな。」

横《よこ》から、ヘビのラリーが口《くち》をはさんだ。

「口《くち》のききかたに気《き》をつけろよ。おまえの前《まえ》にいるのは、野生《やせい》のサムソンなんだぞ。」

イワダヌキは、せせら笑《わら》った。

「だれが野生《やせい》だって？　ここにいるのは、ただの大《おお》きいネコだよ。図体《ずうたい》はでかいけど、腰《こし》ぬけのネコだ！」

「いいかげんにしろ！」

サムソンは、うなった。が、イワダヌキはこわがるどころか、ばかにした口調《くちょう》で、

「逃《に》げろ、みんな！　ライオンだ！　ネコみたいなライオンだぞ！」

わめきながら走《はし》っていった。

11　仲間《なかま》がばらばらに

サムソンも仲間《なかま》たちも、だまりこんだ。沈黙《ちんもく》をやぶったのは、キリンのブリジットだった。

「ちょっとききたいんだけど、あなたはどうして、あのイワダヌキを食《た》べられなかったの？」

コアラのナイジェルも、大《おお》きくうなずいた。

「ニューヨークで犬《いぬ》におそわれたときも、そうだ。あのときもサムソンは、犬《いぬ》を食《た》べようとしなかった。」

「サムソン、まちがってるかもしれないけど、ひょっとして、あんたは……。」

ヘビのラリーがいいかけると、横《よこ》からリスのベニーがすかさず口《くち》をだした。

「菜食主義《さいしょくしゅぎ》かって？」

ラリーは首《くび》を横《よこ》にふった。

「いや、ちがう。おれさまがいいたかったのは、そうじゃない。」

ラリーが何《なに》をいおうとしたのか、みんなにはわかっていた。ナイジェルが代表《だいひょう》してたずねた。

「ラリー、きみはこういいたかったんだろ？　どうやらサムソンは……。」

「野生《やせい》のライオンじゃないらしい？　そう、そのとおりだ！」

親友《しんゆう》のベニーにしか教《おし》えていない、息子《むすこ》のライアンでさえ知《し》らない秘密《ひみつ》を、ついにサムソンはみんなにうちあけた。

うそをついて生《い》きるのに、もうつかれてしまった。みんなに軽蔑《けいべつ》されてもいい。ほんとうのことを話《はな》して、すっきりしたかった。そしてライアンをさがすことに、気持《きも》ちを集中《しゅうちゅう》させたかった。

アフリカでの武勇伝《ぶゆうでん》どころか、サムソンは生《う》まれたときからずっと、檻《おり》の中《なか》の世《せ》界《かい》しか知《し》らない。野生《やせい》の獰猛《どうもう》なサムソンは、動物園《どうぶつえん》がつくりあげた、にせのすがただったのだ。

もっと早《はや》くライアンにも、ほんとうのことをうちあけるべきだった。パパもおまえと同《おな》じ、飼《か》いならされたライオンなんだよ、と。そうしたら、ライアンを苦《くる》しませることもなかったのに。

「そうだ、わたしは野生《やせい》のライオンではない！　しかもおくびょう者《もの》だ。わかったか？　わたしはうそつきなんだ。」

サムソンは、みんなのがっかりした顔《かお》に気《き》づいた。

「すまない。わたしはこのジャングルで、おまえたちをまもってやれない。だからみんな、船《ふね》にもどってくれ。わたしはライアンをさがしに行《い》く！」

きっぱりとそういい、サムソンは走《はし》っていった。

みんなはぼうぜんと、その場《ば》につったっていた。サムソンがいるから、安心《あんしん》してジャングルに来《き》た。それなのに、野生《やせい》のライオンではなかったなんて。まさか百獣《ひゃくじゅう》の王《おう》サムソンが、イワダヌキひとつ食《た》べられない、飼《か》いならされたライオンだったとは。サムソンの勇敢《ゆうかん》なすがたは、動物園《どうぶつえん》の中《なか》だけのことだったのだ。

が、それよりもショックだったのは、うそをつかれていたことだ。これまでずっと、サムソンのことを信頼《しんらい》していたのに。仲間《なかま》の自分《じぶん》たちまで、だましていたとは。

キリンのブリジットは、泣《な》きながらうったえた。

「サムソンたら、どういうつもりで、あたしたちにうそをついたのかしら？」

コアラのナイジェルも、悲《かな》しそうにつぶやいた。

「ぼくたち、サムソンの親友《しんゆう》だったのに。」

ヘビのラリーもうなずいて、ぽつりといった。

「サムソンはたぶん、野生《やせい》のライオンじゃないってこと、おれたちに知《し》られたくなかったんだ。だから、うそをついたんだ。」

ブリジットは、くやしくてたまらないようすだった。

「理由《りゆう》なんて、どうでもいいわ。さっさと船《ふね》にもどりましょう！」

みんなが歩《ある》きだしたのを見《み》て、ベニーはあわてた。

「待《ま》ってくれ。どこに行《い》く気《き》だい？」

いまこそみんなで、サムソンに力《ちから》を貸《か》してやるべきなのに。けれど、ナイジェル、ラリー、ブリジットは、ベニーを無視《むし》して歩《ある》きつづけた。

「待《ま》ってくれ！」

ベニーは必死《ひっし》にたのんだ。

「ブリジット、きみも行《い》くのかい？　だとしたら、きみとの仲《なか》もこれまでだな。」

きっとブリジットは立《た》ちどまって、いいかえすはずだ。そうベニーは思《おも》っていた。

予想《よそう》どおり、ブリジットは足《あし》をとめた。ラリーとナイジェルも立《た》ちどまった。

ブリジットはひづめをぐっと地面《じめん》にめりこませると、おこった顔《かお》でふりかえり、自分《じぶん》よりもはるかに小《ちい》さなリスを見《み》おろした。

「そもそも、あたしたち、そんな仲《なか》じゃなかったはずよ。」

しめしめ、うまくひっかかったぞ。ベニーはそのチャンスにとびついた。

「いいかい。みんなのおびえる気持《きも》ちはわかる。でも、少《すく》なくともおれたちには、こうして仲間《なかま》がいる。でも、サムソンはいま、ひとりぼっちなんだ。」

ナイジェル、ラリー、ブリジットは、顔《かお》を見《み》あわせ、それからジャングルを見《み》た。このぞっとするようなジャングルの向《む》こうにいるサムソンのことを、考《かんが》えたのだ。

よし、もうひとおしだ。ベニーは力《ちから》をこめて、うったえた。

「サムソンは、ひとりぼっちでジャングルにいるんだ。ライアンも。」

ベニーは先頭《せんとう》に立《た》ち、ジャングルをすすんでいった。あとにつづくのは、ヘビのラリーを背中《せなか》に乗《の》せたブリジット、いちばん最後《さいご》は、ナイジェルだった。

「ライアン、どこだ、ライアン？」

ラリーが小《ちい》さな声《こえ》で呼《よ》びかけた。奥《おく》にすすむにつれて、あたりはさらにうす暗《ぐら》くなってきた。どこを見《み》ても、木《き》や草《くさ》しか目《め》に入《はい》らない。

「サムソン、サムソン！」

ベニーは親友《しんゆう》を大声《おおごえ》で呼《よ》んだ。

ブリジットは、長《なが》い足《あし》をもちあげてやぶをまたぎながら、文句《もんく》をいった。

「あたしは、野生《やせい》の世界《せかい》にはむいてないのよね。食《た》べ方《かた》だって上品《じょうひん》だし、すがたは優雅《ゆうが》だし、キリンのキはキレイのキなんだから。」

「なんだか、ジャングルってこわくないね。葉《は》っぱやつるばっかりだし……。」

列《れっ》のいちばんうしろから、ナイジェルの、のんきな声《こえ》がきこえてきた。

「ナイジェル、しっかりうしろを見《み》はっといてくれよ。」

ベニーが先頭《せんとう》から声《こえ》をかけた。

「ナイジェル？　きみに命令《めいれい》したんだぞ。返事《へんじ》くらいしたって、いいだろ？」

そういって、ベニーはうしろをふりかえった。

「ナイジェル？」

けれど、返事《へんじ》はなかった。

「ナイジェル、ふざけないでくれよ。」

ナイジェルのすがたは、どこにも見《み》あたらない。みんなは、ぞっとした。

「消《き》えちまった！　おれたち、のろわれてるんだ！　最初《さいしょ》はライアン、次《つぎ》にサムソン、こんどはナイジェルだ……ああ、動物園《どうぶつえん》はいいところだったなあ。ほんとうに……。」

ヘビのラリーはわめきながら、キリンのブリジットの長《なが》い首《くび》に、ぎゅっとしがみついた。

「ラリー、く、苦《くる》しい！　やめて！」

ブリジットはせきこんだ。ラリーはおびえて、ますます強《つよ》くブリジットの首《くび》をしめつけた。

「ラリー、もっとおちついてちょうだい！」

「だいじょうぶだよ。おれがついているから。」

仲間《なかま》を安心《あんしん》させようと、ベニーがいうと、

「だから心配《しんぱい》なんじゃない！」

ブリジットが抗議《こうぎ》をした。

「こうなったら逃《に》げるしかないわ。さあ、行《い》きましょう！」

「おい、ちょうどいい。どうしたらいいか、あいつらにきいてみようじゃないか。」

ヘビのラリーが得意顔《とくいがお》でいい、しっぽをぴんと前《まえ》にのばした。ブリジットとベニーは、ラリーのしっぽのしめすほうを見《み》た。前方《ぜんぽう》にヌーの一団《いちだん》がいる。ベニーたちの行《ゆ》く手《て》をふさぐようにして、立《た》ちはだかっている。

木《こ》の葉《は》をカサカサいわせて、さらに新《あら》たな一団《いちだん》があらわれた。ベニーたちは、たちまちヌーの群《む》れにとりかこまれた。どっしりと巨大《きょだい》な体《からだ》、先《さき》のするどい大《おお》きくまがった角《つの》。何《なに》よりもおそろしいのは、その顔《かお》だ。馬《うま》のように長《なが》い顔《かお》をしているが、目《め》つきが馬《うま》とは大《おお》ちがいで、なんともぶきみだ。

ベニーが、そわそわしていった。

「あいつらの足《あし》にはひづめがある。ということは、肉食《にくしょく》はしないってことだ。草食《そうしょく》動物《どうぶつ》だ。」

群《む》れの中《なか》でもひときわ大《おお》きなヌーが、うなり声《ごえ》をあげた。みんなの先輩格《せんぱいかく》のヌーで、名前《なまえ》をブラッグという。

「でも、あいつ、舌《した》なめずりしてるわよ！」

ブリジットがふるえながらいうと、ブラッグはにやりと笑《わら》った。

「のっぽのやつから、食《く》ってやろうか？」

「なんだって？」

愛《あい》するブリジットのピンチ！　ベニーは近《ちか》くの小枝《こえだ》をつかむと、ブラッグにむかっていった。

「ベニー、やめて！」

ブリジットの悲鳴《ひめい》がひびいた。ブラッグはその巨大《きょだい》な頭《あたま》を低《ひく》くさげると、さっと角《つの》でベニーをはらった。ベニーの体《からだ》はふっとび、岩《いわ》にぶつかった。

「ベニー？」

ブリジットは、ぐったりとしているベニーにかけよった。

ブラッグは、ブリジットとラリーをあごでしめすと、ぞっとするような笑《え》みをうかべて仲間《なかま》に命令《めいれい》した。

「あいつらを、つかまえろ。」

12　偉大《いだい》なるおかた

「いいから、ほっといてくれよ。ぼくは、そんじょそこらのコアラとはちがうんだ……ムニャムニャ。」

うわごとをつぶやいていたナイジェルは、何《なに》かにゆられ、はっと目《め》をさました。まわりの景色《けしき》が上下《じょうげ》にはずんでいる。あれ、なんでぼく、はねているんだ？

ふと前《まえ》を見《み》ると、大《おお》きくうずをまく二本《ほん》の角《つの》がある。ナイジェルは自分《じぶん》が、がっしりと大《おお》きな動物《どうぶつ》の頭《あたま》の上《うえ》に乗《の》っていることに気《き》づいた。その動物《どうぶつ》は、仲間《なかま》をしたがえて走《はし》っている。

そういえば……みんなでジャングルを探検中《たんけんちゅう》、ふいに何《なに》かに体《からだ》をつかまれ、そのまま気《き》をうしなってしまったような気《き》がする。このウシみたいな動物《どうぶつ》にやられたのかな？　ベニーたちはどうしたんだろう？

ナイジェルを乗《の》せているのは、ヌーのブラッグだった。が、もちろんナイジェルは、ブラッグのことは知《し》らない。ベニーがブラッグにやっつけられたことも。ブリジットとラリーが、ヌーの一団《いちだん》につかまってしまったことも。

ナイジェルは前《まえ》に身《み》をのりだし、礼儀正《れいぎただ》しく声《こえ》をかけた。

「すみません。走《はし》ってる途中《とちゅう》で悪《わる》いんだけど、きみはコアラ語《ご》を話《はな》せる？」

かえってきたのは、うなり声《ごえ》だけだった。

やがて、行《ゆ》く手《て》に火山《かざん》が見《み》えてきた。その山肌《やまはだ》にぽっかりとあいた大《おお》きなほら穴《あな》に、ブラッグたちはむかっていた。

「まさか、あの煙《けむり》をはいてる山《やま》に行《い》くんじゃないよね？」

ナイジェルの質問《しつもん》は無視《むし》された。ほら穴《あな》の入《い》り口《ぐち》に近《ちか》づくと、中《なか》から奇妙《きみょう》な大合《だいがっ》唱《しょう》がひびいてきた。

「ようこそ、ようこそ、ようこそ、ようこそ！」

ほら穴《あな》に入《はい》ったとたん、ナイジェルはぎょっとした。ヌーの大群《たいぐん》が、ダンスをしているのだ！　それも、うしろ足《あし》で立《た》ってくるくるまわったり、宙返《ちゅうがえ》りしたりしているではないか。

「ダンス・パーティー？　それにしちゃ、奇妙《きみょう》な場所《ばしょ》だな。」

ブラッグの頭《あたま》に乗《の》ったまま、ナイジェルはダンスに目《め》を見《み》はった。三百頭《とう》以上《いじょう》はいそうなのに、どの動《うご》きもみごとにぴたっとそろっている。

思《おも》わず拍手《はくしゅ》をすると、ヌーたちはいっせいにダンスをやめ、ナイジェルに顔《かお》をむけた。感想《かんそう》を期待《きたい》しているかのように。

ナイジェルは、何《なに》かいわないわけにはいかなかった。

「すばらしいダンスだ。ずいぶん練習《れんしゅう》したんだろうね。」

そのことばに感動《かんどう》したのか、ふたたびヌーたちのダンスがはじまった。こんどはさっきよりもさらにスピードをあげて、くるくるまわりだした。そればかりか、大《だい》合唱《がっしょう》までわきおこった。

「今日《きょう》は最高《さいこう》、今日《きょう》は最高《さいこう》、今日《きょう》は最高《さいこう》、今日《きょう》は最高《さいこう》！」

あっけにとられているナイジェルを乗《の》せ、ブラッグはほら穴《あな》の奥《おく》にすすんだ。そこには、ほら穴《あな》の天井《てんじょう》までとどくほどの、長《なが》い石段《いしだん》がある。ブラッグがその石段《いしだん》をのぼりはじめると、ヌーたちのダンスは、さらにはげしくなっていった。

「とんでもない怪物《かいぶつ》どもだ！」

ナイジェルは、ゴクリとつばをのんだ。

「でも、ダンスは悪《わる》くないけど。」

ヌーたちは休《やす》む間《ま》もなく、次《つぎ》から次《つぎ》へと複雑《ふくざつ》なステップのダンスを踊《おど》りつづけている。石段《いしだん》をのぼりながら、ブラッグもみんなに合《あ》わせて足《あし》を動《うご》かした。小声《こごえ》でステップの順番《じゅんばん》をつぶやきながら。

「一歩《ぽ》すすんで足《あし》をポン、くるりとまわって足《あし》をポン、前《まえ》に、前《まえ》に、前《まえ》に。」

けれど、だめだった。速《はや》いテンポのダンスにまったくついていけないで、足《あし》がもつれてしまった。

「へたくそ！」

上《うえ》から大《おお》きな声《こえ》がひびいてきた。ブラッグの頭《あたま》に乗《の》ったままナイジェルが顔《かお》をあげると、うす暗《ぐら》い石段《いしだん》のてっぺんで、一頭《とう》のヌーが待《ま》ちかまえている。石段《いしだん》をのぼりきると、そのヌーの顔《かお》が目《め》に入《はい》った。

「きゃあ！」

ナイジェルは思《おも》わず、悲鳴《ひめい》をあげた。ほら穴《あな》の中《なか》のどのヌーよりも、おそろしい顔《かお》だ。見《み》ただけで、背《せ》すじがぞくぞくしてくる。おまけに、その鼻息《はないき》のあらいこと！

そばにいると、ふきとばされてしまいそうだ。ナイジェルはブラッグの角《つの》にしがみついたまま、ぶるぶるふるえた。

「だ、だれなんだ？」

「わたしは、カザールといいます。」

低《ひく》く重々《おもおも》しい声《こえ》で、ヌーが答《こた》えた。おそろしい顔《かお》のわりには、ナイジェルに対《たい》することばづかいはていねいだった。

「わたしはヌーの指導者《しどうしゃ》であり、予言者《よげんしゃ》であり、ダンスのふりつけ師《し》です。ああ、ありがたい！　あなたがいらしてくださったおかげで、わたしたちも肉食《にくしょく》になれます！」

に、肉食《にくしょく》？　ナイジェルはぞっとして、前足《まえあし》で顔《かお》をかくした。その体《からだ》を、ブラッグが下《した》におろした。

「ぼ、ぼくを食《た》べないで。なんで、ぼくがこんな目《め》にあわなくちゃいけない？　不《ふ》公平《こうへい》だ！」

前足《まえあし》のすきまから、ナイジェルはそっとあたりをうかがった。石段《いしだん》のてっぺんからだと、下《した》にいるヌーたちが、ドングリの実《み》のように小《ちい》さく見《み》える。あまりの高《たか》さに頭《あたま》がくらくらしてきて、ナイジェルはあわててうしろをふりかえった。

と、そこで目《め》にしたものは……岩肌《いわはだ》に彫《ほ》られた巨大《きょだい》なコアラの像《ぞう》だった。

ナイジェルがあんぐりと口《くち》をあけてその彫刻《ちょうこく》を見《み》つめていると、ヌーたちはいっせいに、おじぎをした。

そのころ、サムソンはジャングルの奥《おく》にひとりぼっちでいた。自分《じぶん》の本能《ほんのう》にしたがえば、きっとライアンに会《あ》える。そう信《しん》じて、何度《なんど》も息子《むすこ》の名前《なまえ》を呼《よ》んだ。が、返事《へんじ》はかえってこない。どこを見《み》わたしても、木《き》や草《くさ》ばかり。うす暗《ぐら》いジャングルは気味《きみ》が悪《わる》かった。それでも、サムソンはあきらめなかった。

「だいじょうぶ。きっと見《み》つかる。」

何度《なんど》も自分《じぶん》にいいきかせた。信《しん》じていれば、きっとねがいはかなうはずだ。父親《ちちおや》の自分《じぶん》がさがしてやれないで、どうする？

そのとき、どこからか、ささやき声《ごえ》がきこえてきた。

「本能《ほんのう》にしたがえ……おまえの本能《ほんのう》にしたがえ。」

声《こえ》は、そう告《つ》げている。サムソンは、さっとふりかえった。ささやき声《ごえ》は、ぴたりとやんだ。と、ふいに、青々《あおあお》としげっていた葉《は》が、水玉《みずたま》もように変《か》わった。

なんだ？　サムソンは葉《は》に鼻《はな》を近《ちか》づけた。すると――水玉《みずたま》が消《き》えた。

びっくりして、サムソンはうしろにとびのいた。と、こんどは、前方《ぜんぽう》に見《み》える木《き》の幹《みき》が、赤《あか》と白《しろ》のしまもようになったではないか！

わけがわからず、サムソンは木《き》に近《ちか》づいていった。その瞬間《しゅんかん》、木《き》のもようが消《き》え、近《ちか》くの別《べっ》の木《き》がしまもように変《か》わった。

「こっちだ。こっちにすすめ。」

前《まえ》のほうから、また声《こえ》がきこえた。サムソンは声《こえ》のするほうへとむかっていった。

ナイジェルは石段《いしだん》のてっぺんからヌーたちを見《み》おろしながら、そわそわしておちつかなかった。早《はや》く仲間《なかま》をさがしに行《い》かなくちゃ。どうしたら、ここをでていけるんだろう?

おじぎをしているヌーたちにむかい、ナイジェルはできるだけさりげなくいった。

「いろいろお世話《せわ》になりました。でも、残念《ざんねん》だけど、もう行《い》かないと。コアラって、とってもいそがしい動物《どうぶつ》なんだ。だから、おいとまさせてもらえたら……。」

カザールが、前《まえ》にすすみでた。

「何世紀《なんせいき》ものあいだ、われわれヌーは、ライオンにやられっぱなしでした。だが、それも今日《きょう》までだ。いつまでも草食動物《そうしょくどうぶつ》のままではいない。動物界《どうぶつかい》のピラミッドのいちばん下《した》からはいあがる日《ひ》が、ついに来《き》たのです。」

「なるほど。ぼくも賛成《さんせい》です。」

ナイジェルは、うなずいた。なんの話《はなし》かさっぱりわからなかったが、さもわかったような顔《かお》をして。

カザールがつづけた。

「あなたがほんとうにあらわれるのか、うたがうものもいました。でもわたしは、予言《よげん》をずっと信《しん》じていました。あなたがこうして、導《みちび》きにいらしてくださることを。」

「ああ、予言《よげん》ね。」

ナイジェルは、もっともらしくうなずいた。が、すぐにあわててたずねた。

「その予言《よげん》を、もう一度《ど》きかせてもらえるかな？」

カザールが合図《あいず》をすると、近《ちか》くにいたヌーたちが、さっと横《よこ》にどいた。

すると……台座《だいざ》にのった人形《にんぎょう》があらわれた。なんとそれは、動物園《どうぶつえん》の売店《ばいてん》で売《う》ら

れている、あのナイジェル人形《にんぎょう》ではないか。

びっくりしてことばもでないでいるナイジェルに、カザールが説明《せつめい》した。

「これは数年前《すうねんまえ》、天《てん》がわたしにくださったものです。」


カザールの話《はなし》によると、この人形《にんぎょう》は、何年《なんねん》か前《まえ》にセスナ機《き》から落《お》ちてきたものだという。そのときカザールは、ライオンに追《お》いつめられていた。もうだめだ！　そう覚悟《かくご》を決《き》めた瞬間《しゅんかん》、突然《とつぜん》、空《そら》から人形《にんぎょう》が落《お》ちてきて、ライオンの頭《あたま》にあたった。ライオンはぎょうてんして、あわてて逃《に》げていった。人形《にんぎょう》のおかげで、カザールは命《いのち》を救《すく》われたのだ。

まだ若《わか》かったカザールがその後《ご》、ヌーの指導者《しどうしゃ》となり、コアラを崇拝《すうはい》するようになるとは、だれにわかっただろう？

「おお、偉大《いだい》なるおかたよ。どうかわれわれをお導《みちび》きあれ。えじきでしかなかったわれわれを、肉食《にくしょく》へと変《か》えてください。」

カザールは、ナイジェルに頭《あたま》をさげた。

「ちょ、ちょっと待《ま》って。ぼくが、偉大《いだい》なるおかた?」

ナイジェルはしばらくじっと、そのことばの意味《いみ》を考《かんが》えた。

「偉大《いだい》なる……。」

人形《にんぎょう》に近《ちか》づき、指《ゆび》さした。

「おかた?」

ヌーたちは、いっせいにうなずいた。

「つまり、ぜんぶ、おまえのせいなんだな!」

この人形《にんぎょう》のせいで、ヌーたちにさらわれたのだ。ナイジェルがかっとなって、手《て》にしたたいまつを人形《にんぎょう》にふりあげたときだった。

「カザール!」

二羽《わ》のハゲワシが、いきなりとびこんできた。

「ばかもの！　じゃまをするな！」

カザールはハゲワシをほら穴《あな》の壁《かべ》に追《お》いつめ、どなった。

「でも、見《み》つけたんだ。ライオンの子《こ》どもを！」

「なんだと？」

ハゲワシの報告《ほうこく》に、カザールの表情《ひょうじょう》が変《か》わった。

ライオンだって？　ナイジェルは、思《おも》わずききかえした。

「それって、大《おお》きなライオン？　りっぱな、たてがみのある……。」

カザールが、ナイジェルをふりかえった。その顔《かお》は、よろこびにかがやいている。

「偉大《いだい》なるおかたよ。あなたは、ライオンを二頭《とう》もつれていらしたのですか？」

カザールがあまりにうれしそうなので、ナイジェルは得意《とくい》げに胸《むね》をはった。

「ぼくのお供《とも》さ。なんたって、偉大《いだい》なるおかただからね。で、ライオンはどこにいるの？」

「ご心配《しんぱい》いりません。ブラッグに呼《よ》びに行《い》かせます。」

カザールはうやうやしく頭《あたま》をさげると、ブラッグをふりかえり、にらみつけた。

「こんどは、しくじるなよ。なにしろおまえは、ダンスさえまともに踊《おど》れないのだから。」

「ほんのちょっと、足《あし》がもつれただけです。」

ブラッグはそっけなくいい、肩《かた》をすくめた。

「ほんのちょっとだと？　ばかもの！　なんのために毎日練習《まいにちれんしゅう》しているのだ？」

ほら穴《あな》に、カザールのどなり声《ごえ》がひびいた。なにもそんなにしからなくても……

ナイジェルは、カザールのダンスにかける情熱《じょうねつ》に、ちょっぴりおどろいていた。

カザールは二羽《わ》のハゲワシに、大声《おおごえ》で命令《めいれい》をした。

「空《そら》へもどれ！」

次《つぎ》にブラッグにむかい、

「ライオンをさがしに行《い》け！　ライオンを二頭《とう》とも、つれてくるのだぞ！」

ブラッグは五頭《とう》のヌーをしたがえて、ほら穴《あな》をでていった。その上空《じょうくう》を、ハゲワシが飛《と》んでいく。

サムソンとライアンに会《あ》える！　そうしたら、ここからもでられるはずだ。もうちょっとのしんぼうだ。ナイジェルは自分《じぶん》にいいきかせて、大《おお》きくうなずいた。と、
ゴオー！　地《じ》ひびきをたてて、火山《かざん》がゆれた。

おお！　ヌーたちは感動《かんどう》した顔《かお》で、ナイジェルを見《み》た。ナイジェルの力《ちから》で地面《じめん》がゆれたとでもいいたげに。

カザールが、おごそかにいった。

「われわれの運命《うんめい》の日《ひ》を、天《てん》が祝《いわ》ってくれているのだ。みんな、偉大《いだい》なるおかたをたたえて、ひづめをふみ鳴《な》らそうじゃないか！」

ヌーたちはいっせいに、ひづめをふみ鳴《な》らした。その振動《しんどう》で、ほら穴《あな》がさらにははげしくゆれた。火山《かざん》がいまにもくずれ落《お》ちそうな気《き》がして、ナイジェルは思《おも》わずつぶやいた。

「うわっ。」

たちまち、ヌーたちの大合唱《だいがっしょう》がはじまった。

「うわっ！　うわっ！　うわっ！　あなたは、わたしたちの王《おう》さま！」

王《おう》さま？　ぼくがこいつらの王《おう》さまだって？　ナイジェルは思《おも》わずにやりと笑《わら》った。王《おう》さまになるのも悪《わる》くないな。

フフフ……ハハハ……ワッハッハ！

ナイジェルの高笑《たかわら》いが、ほら穴《あな》にひびきわたった。

そのころ、キリンのブリジットとヘビのラリーは、ほら穴《あな》の奥《おく》の牢屋《ろうや》にいた。

ヌーたちにさらわれて、とらわれていたのだ。突然《とつぜん》、地面《じめん》がゆれだして、ブリジットはびっくりした。

「じ、地震《じしん》？　震度《しんど》いくつくらいかしら？　ああ、なんだか胸《むね》さわぎがする。ここにベニーがいてくれたらいいのに。」

「おれさまにまかしとき！」

ラリーが陽気《ようき》な声《こえ》をあげた。

「名案《めいあん》があるんだ。見《み》はり番《ばん》のヌーのやつらを、あんたがけっとばす。おれさまは、のみこむ。ふたりで力《ちから》を合《あ》わせてやっつけようぜ。ええと、ひい、ふう、みい……。」

ラリーは、牢屋《ろうや》の前《まえ》の見《み》はり番《ばん》のヌーたちを数《かぞ》えた。

「……だめだ、六十頭以上《とういじょう》はいる。」

ラリーのがっかりした声《こえ》に、ブリジットは肩《かた》を落《お》としてうめいた。

「あたしたち、ほんとうにのろわれてるんだわ。」

13　悲《かな》しい告白《こくはく》

ライアンは、うす暗《ぐら》いジャングルをとぼとぼと歩《ある》いていた。動物園《どうぶつえん》が恋《こい》しくてたまらなかった。ここはどこだろう？　動物園《どうぶつえん》から、ずいぶん遠《とお》くまで来《き》ちゃったんだな。みんなは、どうしているんだろう？

パパは心配《しんぱい》しているだろうな。パパ、ごめんね。ぼくって、ほんとにだめなやつだ。何《なに》をしても、失敗《しっぱい》ばかりで。ああ、あんなばかなことをしなければ、いまごろお気《き》に入《い》りの木《き》で、ゆっくりと昼寝《ひるね》でもしていたのに。

ライアンの目《め》に、ふと、一本《ぽん》の木《き》がとびこんできた。よし、あの木《き》にのぼって、ちょっと休《やす》もう。

ジャングルをすすむサムソンの頭《あたま》の上《うえ》を、さっと大《おお》きな影《かげ》がよぎった。カザールに命令《めいれい》されてやってきた二羽《わ》のハゲワシだが、サムソンは気《き》づかなかった。目《め》はひたすら、前《まえ》だけを見《み》つめている。岩《いわ》や木《き》が次々《つぎつぎ》に色《いろ》やもようを変《か》えて、サムソンを導《みちび》いてくれているのだ。

しまもようのヤシから水玉《みずたま》もようのシダへと、サムソンは走《はし》った。なぜこんな不思議《ふしぎ》なことが起《お》こるのかは、わからない。だが、この道案内《みちあんない》のとおりに行《い》けば、きっとライアンに会《あ》える！　そう信《しん》じていた。

けれど、ハゲワシたちもまた、ライアンのもとにむかっていた。そしてサムソンよりも先《さき》に、ライアンを見《み》つけてしまった。

木《き》によじのぼろうとしているライアンめがけ、二羽《わ》のハゲワシはおそいかかった。ハゲワシだ！　ライアンは枝《えだ》の上《うえ》に立《た》ち、敵《てき》の黒《くろ》い翼《つばさ》を前足《まえあし》ではたいた。その拍《ひょう》子《し》に枝《えだ》が折《お》れて、ライアンは地面《じめん》に落《お》ちてしまった。さらに運《うん》の悪《わる》いことに、前足《まえあし》の上《うえ》に大《おお》きな枝《えだ》が落《お》ちてきて、動《うご》けなくなってしまった。

しめしめ。二羽《わ》のハゲワシは地面《じめん》におりると、そうっとライアンに近《ちか》づいていった。子《こ》どもとはいえ、ライオンはライオンだ。ゆだんはできない。ライアンが身動《みうご》きできないことがわかると、ハゲワシの一羽《わ》が、体《からだ》を前《まえ》にかがめてライアンをつっついた。

「いたたっ！」

ライアンはハゲワシをにらみつけ、ほえた。

ミャオー！

なんだ、その声《こえ》は？　それでもライオンか？　ハゲワシたちは、ばかにして笑《わら》った。さらにライアンに近《ちか》づいて、何度《なんど》もつっついた。

「きゃあ！」

ライアンは悲鳴《ひめい》をあげた。

サムソンは、はっと顔《かお》をあげた。あの声《こえ》は、まさか。

「ライアン？」

サムソンは大声《おおごえ》で息子《むすこ》を呼《よ》び、走《はし》った。するとまたライアンの声《こえ》がひびいてきた。

「たすけて！」

まちがいない、ライアンだ！　待《ま》ってろ！　いまたすけに行《い》くぞ！

サムソンは声《こえ》のする方角《ほうがく》にむかい、一目散《いちもくさん》に走《はし》っていった。

「パパ！」

信《しん》じられない、ほんとうにパパだ！　ライアンはびっくりして目《め》を見《み》はった。まさか、こんなジャングルで会《あ》えるなんて。ぼくをたすけに来《き》てくれたんだね。

目《め》の前《まえ》にいきなり大《おお》きなライオンがあらわれて、二羽《わ》のハゲワシはぎょっとした。カザールの命令《めいれい》もわすれて、大《おお》あわてで逃《に》げだしていった。

それを見《み》て、ライアンは胸《むね》がおどった。さすがパパだ。野生《やせい》のサムソンだ！

サムソンはライアンにかけよると、木《き》の枝《えだ》をどけて、息子《むすこ》を救《すく》いだした。

「ライアン！　ほんとうにライアンだ！　信《しん》じられん！　ついに見《み》つけたぞ！　だいじょうぶか？　けがはないか？」

サムソンは、ぎゅっとライアンをだきしめた。夢《ゆめ》ではない。ほんとうにライアンだ。信《しん》じていてよかった。やっと会《あ》えた！　もうはなさないぞ！

ライアンは、くやしそうにいった。

「パパ、ぼく、緑《みどり》の箱《はこ》から逃《に》げだして、ジャングルにとびこんだんだ。そうしたら、あのハゲワシどもがやってきて、殺《ころ》されそうになった。パパだったら勇敢《ゆうかん》に戦《たたか》ったんだろうけど……。」

「ライアン……。」

サムソンは首《くび》をふった。ライアンは父親《ちちおや》を英雄《えいゆう》だと思《おも》っている。そう思《おも》わせてしまったのは、自分《じぶん》だ。いまこそ、いわなくては。ほんとうのことを、息子《むすこ》にうちあけるのだ。

「ライアン、おまえにいいたいことがある。」

「何《なに》?」

「……シーッ。」

サムソンは、ふいに声《こえ》をひそめた。何《なに》かが近《ちか》づいてくる気配《けはい》がする。だしぬけに、ヌーの群《む》れが、やぶをつっきっておそいかかってきた。ライアンは、さっと立《た》ちあがった。こわくないぞ。パパがいっしょなんだ。負《ま》けるもんか!

「逃《に》げろ!」

サムソンの声《こえ》に、ライアンは耳《みみ》をうたがった。

「パパ、なんで？」

「いいから逃《に》げるんだ！」

もう一度《ど》さけぶと、サムソンは息子《むすこ》の体《からだ》をぐいっとおした。二頭《とう》のライオンは、ならんでかけだした。

ライアンは、わけがわからなかった。どうして逃《に》げるの？　パパはむかし、ヌーをやっつけたんじゃなかったの？

「パパ、あいつらを追《お》いかければよかったのに――むかしのように。」

「あれは、話《はなし》にすぎん。」

「でも、せっかくのチャンスだったのに。パパの話《はなし》のとおりだって、ぼくに証明《しょうめい》してくれればよかったのに！」

ライアンは興奮《こうふん》してさけんだ。

ライオンの親子《おやこ》は、ジャングルをジグザグにつっきっていった。ヌーの群《む》れは、ぴたりとうしろからついてくる。

「こっちだ！」

サムソンはそうさけぶと、崖《がけ》の上《うえ》にそびえ立《た》つ木《き》にむかった。

「パパ、いったいどうしたの？」

サムソンはだまって息子《むすこ》を木《き》におしあげると、自分《じぶん》もあとにつづいてのぼっていった。ライアンは不満《ふまん》そうだった。

「パパ、あんなやつら、ただロバがでかくなっただけじゃないか！」

「ライアン、シーッ……。」

サムソンは息子《むすこ》をだまらせた。ヌーの群《む》れが木《き》に近《ちか》づいてくる。が、そのまま通《とお》りすぎていった。サムソンは、ほっとした。

ヌーたちが去《さ》っていくのを高《たか》い枝《えだ》から見《み》おろしながら、ライアンは文句《もんく》をいった。

「パパ、やつらの尻《しり》を、けってやればよかったのに。」

「ライアン、むりだ！」

サムソンはついに、ほんとうのことを話《はな》すしかなくなった。

「おまえに話《はな》した武勇伝《ぶゆうでん》は、作《つく》り話《ばなし》だ。パパはほんとうは、戦《たたか》えないんだ！」

ライアンは目《め》をまるくして、じっとお父《とう》さんを見《み》つめている。

「パパ、どういうこと？」

話《はなし》をきいたら、ライアンはどう思《おも》うだろうか？　サムソンはこわかった。だが、これ以上《いじょう》かくしておくわけにはいかない。すべてをさらけだして、やりなおしたかった。英雄《えいゆう》とその息子《むすこ》ではなく、ただの父親《ちちおや》と息子《むすこ》として、あらためて親子《おやこ》のきずなを築《きず》いていきたかった。

ありのままの自分《じぶん》を見《み》せろ。サムソンは大《おお》きく息《いき》をすうと、ありったけの勇気《ゆうき》をふるいおこして、語《かた》りはじめた。

「わたしは若《わか》かった。まだほんの子《こ》どもだった。」

サムソンの胸《むね》に、サーカスのライオンだった子《こ》ども時代《じだい》の思《おも》い出《で》がよみがえってきた。

するすると、幕《まく》があがる。舞台《ぶたい》の中央《ちゅうおう》には、木《き》や草《くさ》でいかにもアフリカらしくかざりたてられた檻《おり》がある。そのまるい檻《おり》の中《なか》で、まだおさないサムソンは台座《だいざ》にすわっていた。ロープでつくったにせのたてがみをつけられ、野生《やせい》のライオンらしく見《み》せるために、体《からだ》には泥《どろ》がぬられている。

スポットライトが、檻《おり》を照《て》らしだす。

「サムソン！　びくびくせずに、さっと立《た》ちあがれ！」

サムソンの父親《ちちおや》が、となりの台《だい》の上《うえ》からどなった。父親《ちちおや》は、野生《やせい》の大《おお》きなライオンだった。

アナウンサーの声《こえ》が、会場《かいじょう》にひびく。

「さあ、われらが若《わか》きライオンにとって記念《きねん》すべき日《ひ》が、はじまろうとしています！　今日《きょう》、このライオンは、生《う》まれてはじめてほえるのです！」

サムソンは泣《な》きそうな顔《かお》で、父親《ちちおや》を見《み》あげた。

「父《とう》さん、できない！」

父親《ちちおや》は息子《むすこ》をにらみつけた。

「さあ、やれ！　やるんだ！」

父親《ちちおや》が合図《あいず》をすると、サムソンはよろよろと台座《だいざ》からおりた。すると檻《おり》の反対側《はんたいがわ》から、金属《きんぞく》でつくられたロボットのヌーが、おそいかかってきた。

「さあ、おききください。サムソンが、力強《ちからづよ》い声《こえ》をとどろかせます。その声《こえ》におどろいて、ヌーはサバンナから逃《に》げだします！」

観客《かんきゃく》は息《いき》をつめて、見《み》まもっている。

「サムソン、深《ふか》く息《いき》をすえ！」

父親《ちちおや》が大声《おおごえ》でいった。ヌーは猛《もう》スピードで走《はし》ってくると、ぴたっ、サムソンの顔《かお》の前《まえ》でとまった。

サムソンは口《くち》をあけ、弱々《よわよわ》しい声《こえ》でほえた。

観客《かんきゃく》はいっせいに、ばかにしたように笑《わら》った。

父親《ちちおや》はうんざりした表情《ひょうじょう》でそっぽをむいて、つぶやいた。

「わたしがばかだった。野生《やせい》のライオンでないおまえに、ほえられるわけがなかった。おまえのような弱虫《よわむし》は、わたしの息子《むすこ》ではない。」

「父《とう》さん！　父《とう》さん！」

サムソンは父親《ちちおや》を必死《ひっし》に呼《よ》んだ。が、返事《へんじ》はもどってこなかった。サムソンは動物園《どうぶつえん》につれていかれ、それきり父親《ちちおや》に会《あ》うことはなかった。

そこまで話《はな》すと、サムソンはまばたきをして、もう一度《ど》じっとライアンの目《め》をのぞきこんだ。親友《しんゆう》のベニーだけにうちあけて、心《こころ》の奥《おく》にずっとしまいこんできた悲《かな》しい思《おも》い出《で》……できれば二度《ど》と、よみがえらせたくはなかったのだが。

「動物園《どうぶつえん》につれてこられたとき、どこから来《き》たのか、だれにも知《し》られたくなかった。とくに、親《した》しい動物《どうぶつ》たちには。」

「じゃあ……いままでの話《はなし》は、みんな作《つく》り話《ばなし》だったの？」

ライアンは、信《しん》じられないといった顔《かお》でお父《とう》さんを見《み》た。

パパがサーカスのライオンだった？　アフリカでの武勇伝《ぶゆうでん》はうそだった？　強《つよ》くてたくましいパパが自慢《じまん》だったのに。だからパパみたいになりたくて……それなのになれないから、悩《なや》んでいたのに。そんな、どうして……。

ぼく、だまされていたの？　ライアンの顔《かお》が、そう語《かた》っていた。それを見《み》て、サムソンは胸《むね》がしめつけられる思《おも》いだった。

「もっと早《はや》く話《はな》しておくべきだった。すまない、ライアン。」

自分《じぶん》が野生《やせい》のライオンでないからこそ、ライアンにはだれよりも強《つよ》くたくましいライオンになってもらいたかったのだ。自分《じぶん》が味《あじ》わった悲《かな》しさ、くやしさを、息子《むすこ》には味《あじ》わわせたくなかった。だから、ときにはきびしくもしたのだが……。けれどそれは、自分勝手《じぶんかって》だったのだろうか？　自分《じぶん》の夢《ゆめ》をライアンにおしつけていただけなのだろうか？　サムソンには、わからなかった。

ドシン！　ふいに木《き》がゆれた。ヌーたちがもどってきて、木《き》に体《からだ》をぶつけているのだ。ここにかくれていたのが、気《き》づかれてしまったらしい。

「ライアン、つかまってろ！」

サムソンはさけんだ。

さらに二頭《とう》のヌーがくわわった。木《き》が大《おお》きくゆれ、ライアンはすべり落《お》ちてしまった。何頭《なんとう》もの巨大《きょだい》なヌーに体《たい》あたりされ、木《き》は少《すこ》しずつかたむいていった。やがて大《おお》きな音《おと》をひびかせ、木《き》は、がけにむかってたおれた。

サムソンは木《き》の幹《みき》にしがみついたまま、がけで宙《ちゅう》ぶらりんになった。ライアンはお父《とう》さんにかけよろうとした。が、ブラッグにしっぽをふまれて動《うご》けなかった。

「パパ！　たすけて！」

「ライアン！」

ライアン、待《ま》ってろ。いま、たすけに行《い》くぞ。いま……。けれど、木《き》から手《て》をすべらせ、サムソンは谷底《たにそこ》へ落《お》ちていった。

「パパ！」

ライアンの悲鳴《ひめい》がひびいた。

ライアン……。サムソンはうすれていく意識《いしき》の中《なか》で、息子《むすこ》の名前《なまえ》をさけんだ。

14　仲間《なかま》との再会《さいかい》

ぶるる。リスのベニーは体《からだ》をふるわせて、目《め》をさました。頭《あたま》がずきずきする。手《て》で頭《あたま》をさすりながら、あたりを見《み》まわした。あれ、なんでおれ、岩《いわ》にもたれているんだっけ？　そうだ、思《おも》いだした。あのひづめのある怪物《かいぶつ》に、ほうりなげられたんだ！

ベニーは、よろよろと立《た》ちあがった。

「ブリジット！　ラリー！」

仲間《なかま》を呼《よ》んでみたが、返事《へんじ》はない。すがたも見《み》えなかった。

「どこにいるんだろう？」

頭《あたま》がくらくらするが、こうしてはいられない。ベニーはふらつきながら、ジャングルをすすんでいった。仲間《なかま》を見《み》つけなくては。いや、サムソンを見《み》つけるほうが先《さき》だ！　いや、それよりも先《さき》に……。ベニーの足《あし》がとまった。目《め》の前《まえ》の岩《いわ》の上《うえ》に、サムソンが横《よこ》たわっているではないか。目《め》をとじて、ぐったりとしている。

「サムソン、サムソン！」

ベニーはいそいでかけより、友《とも》だちの名前《なまえ》を呼《よ》んだ。けれどサムソンの体《からだ》は、ぴくりとも動《うご》かなかった。

ライアンは火山《かざん》につれていかれ、ほら穴《あな》の中《なか》の牢屋《ろうや》にほうりこまれた。なんとそこには、キリンのブリジットとヘビのラリーがいた。ライアンと同《おな》じようにヌーにさらわれて、とじこめられていたのだ。

「ブリジット！　ラリー！」

ライアンはさけんだ。動物園《どうぶつえん》の仲間《なかま》と会《あ》うのは、カーリング大会《たいかい》のあったあの夜《よる》以来《いらい》だ。

「まあ、ライアン！」

ブリジットはびっくりして、目《め》をまるくした。

「生《い》きてたの！　ぶじだったのね！」

ライアンはブリジットにとびつくと、キリンの長《なが》い首《くび》にだきついた。

「おいおい、おれさまをわすれてないかい？」

横《よこ》から、ヘビのラリーが口《くち》をだした。ラリーは自分《じぶん》の体《からだ》をライアンにまきつけてぎゅっとだきしめ、うれしそうにいった。

「ライアン、やっと会《あ》えたな！」

「ラリー……ぼくも……うれしいよ。」

ライアンは苦《くる》しそうにあえいだ。ラリーが体《からだ》をはなすと、やっと息《いき》をすることができた。

「きみたち、ここで何《なに》をしているの？」

「あなたのパパといっしょに来《き》たのよ。あなたをさがしにね。」

ブリジットが答《こた》えると、ラリーもうなずいた。

「サムソンはきっといまも、どこかでおまえをさがしているはずだ。」

それをきいて、ライアンは泣《な》きそうになった。

「そうだったら、いいんだけど。でも……パパは、がけからつき落《お》とされたんだ。」

「なんだって？」

ラリーとブリジットは、同時《どうじ》に声《こえ》をあげた。ライアンの頭《あたま》に、お父《とう》さんががけから落《お》ちていくときの光景《こうけい》がよみがえった。目《め》に涙《なみだ》があふれてきた。

「あんな高《たか》いがけじゃ、ぶじでいるはずない。きっとパパは……。」

「まあ、ライアン。」

ブリジットはなんといったらよいのかわからず、ため息《いき》をついた。

「ごめんね。ぼくのせいだ。ぼくがみんなを、ひどい目《め》にあわせたんだ。」

ライアンはしょんぼりと頭《あたま》をさげて、あやまった。


ブラッグとカザールは、牢屋《ろうや》を見《み》おろす大《おお》きな岩《いわ》の上《うえ》に立《た》っていた。

「カザール、わたしがつれてきた獲物《えもの》を、よろこんでいただけますか?」

ブラッグはほこらしげに、胸《むね》をはった。

カザールは岩《いわ》から牢屋《ろうや》を見《み》た。ヌーの大群《たいぐん》にかこまれて、キリンとヘビといっしょに、おさないライオンもいる。

「どういうことだ? 親《おや》ライオンはどうした?」

その声《こえ》に、ブラッグの背《せ》すじに冷《つめ》たいものが走《はし》った。どうやらカザールは、満足《まんぞく》してはいないようだ。

「ええと……その……がけがありまして、なんというか……親《おや》ライオンは落《お》ちたらしくて。」

「これでおまえは、二度《ど》しくじったことになるな、ブラッグ！」

カザールのどなり声《ごえ》にびっくりして、ブラッグはあとずさった。その拍子《ひょうし》に足《あし》がすべり、岩《いわ》から落《お》ちそうになった。あわてて前足《まえあし》で、岩《いわ》にしがみついた。

「この役立《やくだ》たず！」

カザールは身《み》をのりだし、岩《いわ》にぶらさがっているブラッグをしかった。

「ライオンを食《く》わなければ、わたしたちは動物界《どうぶつかい》のピラミッドの頂点《ちょうてん》に立《た》てないのだぞ！」

そこでカザールは、ちらりとライアンを見《み》た。

「まあいい。あの子《こ》ライオンでも、わたしの食《く》う分《ぶん》くらいはあるだろう。」

「あなただけ？　わたしたちは、どうなるんです？」

岩《いわ》にしがみつきながら、ブラッグは問《と》いかけた。カザールは肩《かた》をすくめ、ぷいと横《よこ》をむいた。

「一歩《ぽ》すすんで足《あし》をポン、くるりとまわって足《あし》をポン。」

ダンスのステップをつぶやきながらうしろにさがると、にやりと笑《わら》い、ブラッグの頭《あたま》をけった。ブラッグはずるずると岩《いわ》から落《お》ちていった。それを見《み》て、見《み》はり番《ばん》のヌーたちが、どっと笑《わら》った。ブラッグの胸《むね》は、くやしさでいっぱいだった。

「その獲物《えもの》どもを、偉大《いだい》なるおかたのもとへつれていけ！」

カザールの、ぞっとするような声《こえ》がひびいた。

リスのベニーは涙《なみだ》をこらえ、サムソンの体《からだ》をそっとたたいた。

「ああ、なんでサムソンを、ひとりで行《い》かせちゃったんだろう？」

後悔《こうかい》して頭《あたま》をふった。みんなをおいてでも、サムソンについていってやるべきだった。親友《しんゆう》だなんていっておきながら、なんにも力《ちから》になってやれなかった。

「サムソンはひとりだと、なんにもできない。獲物《えもの》だって見《み》つけられないのに。」

「だったら、おまえを食《く》ってやろうか？」

サムソンの弱々《よわよわ》しい声《こえ》がした。が、ベニーは気《き》づかずに、

「ふん。おれをつかまえて食《た》べることのできるのは……なんだって？」

サムソン、生《い》きていたのか！　ベニーは大《おお》よろこびで、サムソンの大《おお》きな体《からだ》にとびついた。

「やっぱり！　きみが死《し》ぬはずないもの！　そうとも！　やったぞ！　おれたち、まだ友《とも》だちだよな？」

けれどサムソンは、ぐったりと横《よこ》たわったままだった。口《くち》を動《うご》かすのもやっとのようだった。

「敵《てき》が多《おお》すぎた。かんたんにさらわれてしまった。」

「だれがさらわれたって？」

ベニーの問《と》いかけに、サムソンは答《こた》えた。

「ライアンだよ……せっかく会《あ》えたのに、ヌーのやつらにさらわれてしまった。」

「あのひづめのある怪物《かいぶつ》どもだね？　ラリーとブリジットも、あいつらにさらわれたんだ！」

ベニーは興奮《こうふん》してわめいた。けれどサムソンはじっと目《め》をとじたまま、弱々《よわよわ》しくつぶやいた。

「戦《たたか》えなかった……できなかったんだ。」

「何《なに》をいってるんだ、サムソン。きみはライオンじゃないか！　百獣《ひゃくじゅう》の王《おう》の血統《けっとう》を受《う》けついでるんだぞ！　そりゃ、きみは野生育《やせいそだ》ちじゃない。でも、その血《ち》の中《なか》に流《なが》れてるはずだ、戦《たたか》う強《つよ》さが！」

ベニーは必死《ひっし》にはげました。ここはなんとしても、サムソンに気力《きりょく》をとりもどしてもらわなくては。たとえ体《からだ》は動《うご》いても、このままでは心《こころ》が死《し》んだも同《おな》じだ。ライアンとも、永遠《えいえん》に会《あ》えなくなってしまう。

けれどベニーの思《おも》いは、なかなかサムソンにはとどかなかった。

「……ちがう。わたしは、ほんもののライオンじゃない。」

「ほんもののライオンだ！　動物園《どうぶつえん》だろうと、ジャングルだろうと、金魚鉢《きんぎょばち》だろうと、出身《しゅっしん》なんかどうでもいいんだ！　だいじなのは、ここだ！」

ベニーはきっぱりといい、自分《じぶん》の小《ちい》さな胸《むね》をドスンとたたいた。

「きみがなんなのか、それを決《き》めるのは心《こころ》だ。少《すく》なくとも、きみはライアンにそう教《おし》えたはずだよ。」

サムソンが顔《かお》をあげて、ベニーを見《み》た。その目《め》に、少《すこ》しずつ力強《ちからづよ》さがもどってきている。よし、その調子《ちょうし》だ！　ベニーはすかさず、ジャングルを指《ゆび》さした。

「サムソン、ライアンはジャングルの向《む》こうにいる。きみのたすけを待《ま》っている。

きみ以外《いがい》のだれが、あの子《こ》をさがしてやれる？　だれがあの子《こ》に、ライオンらしいほえかたを教《おし》えてやれるんだ？」

そうだ。わたし以外《いがい》のだれが、ライアンをさがしてやれるんだ？　父親《ちちおや》である、このわたし以外《いがい》のだれが……サムソンは力《ちから》をふりしぼって体《からだ》を起《お》こすと、

「サムソン！　立《た》て、立《た》つんだ！」

自分《じぶん》で自分《じぶん》をはげました。

サムソンの胸《むね》に、苦《にが》い思《おも》い出《で》がよみがえってきた。サーカスでの悲《かな》しいできごと。そして父親《ちちおや》との別《わか》れ。その思《おも》い出《で》をばねにして、すっくと立《た》ちあがると、サムソンはたてがみをふり、堂々《どうどう》と顔《かお》をあげた。

「さあ、行《い》こう！　息子《むすこ》と仲間《なかま》をさがしに行《い》くんだ。」

「そうこなくっちゃ！」

ベニーは大《おお》よろこびで、こぶしをふりあげた。

「もうだれも、おれたちをじゃまできないぞ！」

けれど、ふと心配《しんぱい》そうにあたりを見《み》て、

「でも……どっちにすすんでいけば、いいんだろう？」

ベニーが迷《まよ》っていると、ピューン！　突然《とつぜん》、目《め》の前《まえ》に、赤《あか》と黄色《きいろ》の矢《や》が飛《と》んできた。そればかりか、ひそひそ話《はな》す声《こえ》もきこえてくる。

「本能《ほんのう》にしたがえ。」

声《こえ》はそう告《つ》げた。

「なんだって？」

ベニーは首《くび》をかしげた。サムソンも、あっけにとられた顔《かお》でベニーを見《み》た。

「わたしの……本能《ほんのう》？」

15　カメレオンのスパイ

次々《つぎつぎ》に色《いろ》を変《か》えていく目印《めじるし》を追《お》いかけ、サムソンとリスのベニーは、ジャングルをすすんでいった。青《あお》いしまもようの岩《いわ》をのぼっていくと、ささやき声《ごえ》が教《おし》えた。

「よし、ここまで来《き》たら、もう少《すこ》しだ。」

その声《こえ》にしたがって岩《いわ》の頂上《ちょうじょう》にとびあがると、しまもようは消《き》えた。サムソンは岩《いわ》のかげから、じっとあたりを観察《かんさつ》した。

「ベニー、見《み》ろ。」

サムソンにいわれ、ベニーも前《まえ》を見《み》た。火山《かざん》のふもとに、ぽっかりと大《おお》きなほら穴《あな》があいている。その穴《あな》の前《まえ》で、二頭《とう》のヌーが見《み》はり番《ばん》をしていた。

「ひづめのある怪物《かいぶつ》どもだ！」

ヌーにおそわれたときのことを思《おも》いだすと、頭《あたま》にかっと血《ち》がのぼった。がまん、がまん……ベニーは、なんとか自分《じぶん》をおさえた。いまは、みんなをさがすことのほうが先《さき》だ。

「ライアンは、あのほら穴《あな》の中《なか》だ。」

そういうなり、サムソンは火山《かざん》にむかってかけだそうとした。

「わ、待《ま》ってくれ！」

ベニーは、必死《ひっし》にサムソンをとめた。

「がむしゃらにとびこんでいってどうなる？　何《なに》か作戦《さくせん》を考《かんが》えようよ！」

「ベニー、これはわたしの問題《もんだい》だ。ひっこんで――。」

サムソンが最後《さいご》までいわないうちに、ささやき声《ごえ》が、あっちからもこっちからもきこえてきた。

「ネズミのいうことは、きくな。」

ささやき声《ごえ》は、そう告《つ》げた。

「おい、だれがネズミだって？」

ベニーはぷんぷんおこって、あたりを見《み》まわした。が、だれもいない。声《こえ》だけがまた、きこえてきた。こんどは前《まえ》よりも大《おお》きな声《こえ》だった。

「おまえだよ、ネズミは！」

「シーッ！　そんな大声《おおごえ》だしたら、おれたちのことが、ばれちまうぞ！」

別《べつ》の低《ひく》い声《こえ》がしかった。

ネズミとまちがわれ、ベニーはむっとしていた。声《こえ》のした方角《ほうがく》に、こぶしをふりあげた。すると、ゴツンと音《おと》がして、

「いてて！」

さけび声《ごえ》とともに、岩《いわ》の上《うえ》にカメレオンが一匹《ぴき》あらわれた。

「痛《いた》いじゃないか。よくもなぐったな。始末書《しまつしょ》を書《か》いてもらうぞ。」

その声《こえ》は、ベニーをネズミ呼《よ》ばわりした声《こえ》だった。カメレオンは痛《いた》そうに頭《あたま》をさすり、ベニーをにらんだ。と、その横《よこ》に、別《べつ》のカメレオンがあらわれた。見《み》るからにふきげんそうな顔《かお》で、相棒《あいぼう》をしかりつけた。

「ばか！　おまえのせいで作戦《さくせん》がだいなしじゃないか！　部下《ぶか》ども、散《ち》れ！」

何百匹《なんぴき》ものカメレオンが次々《つぎつぎ》に岩《いわ》や木《き》の上《うえ》にあらわれ、いっせいに逃《に》げだした。しまもようや水玉《みずたま》もようの正体《しょうたい》は、カメレオンだったのだ。

「ふん、逃《に》がしてたまるか！」

ベニーは目《め》の前《まえ》の二匹《ひき》のカメレオンを追《お》いかけると、片手《かたて》で一匹《ぴき》ずつ首《くび》をつかんだ。リスの手《て》でもつかめるほど、カメレオンは小《ちい》さかった。

「サムソン、こいつらを見《み》ろよ。『本能《ほんのう》にしたがえ』ってささやいてたのは、このカメレオンどもだ。」

サムソンはびっくりして、たずねた。

「きみたちは、何者《なにもの》なんだ？」

「そいつは教《おし》えられないな。」

あとからあらわれたカメレオンが、もったいぶった口調《くちょう》で答《こた》えた。と、相棒《あいぼう》のカメレオンが横《よこ》から、

「おれはクローク。こいつはカモ。おれたち、スパイなんだ。」

ビシッ！　カモにしっぽでたたかれ、クロークは顔《かお》をしかめた。

「なんでスパイのきみたちが、わたしの道案内《みちあんない》をしてくれたんだ？」

サムソンが不思議《ふしぎ》に思《おも》ってきくと、カモがまた、もったいぶった口調《くちょう》で答《こた》えた。

「残念《ざんねん》だが、教《おし》えられない。職業上《しょくぎょうじょう》の秘密《ひみつ》ってやつだ。」

「そりゃ、あのいかれたヌーどものところに、つれていきたいからだ。」

「クローク！　よけいなことをいうな！」

ビシッ！　カモにまたしっぽでたたかれ、クロークは抗議《こうぎ》した。

「いてててっ！　それくらい教《おし》えたっていいじゃないか？　べつに、こいつらを利用《りよう》してカザールをたおそうって計画《けいかく》を、ばらしたわけじゃないし。」

カメレオンのけんかを無視《むし》して、サムソンはたずねた。

「教《おし》えてくれ――わたしの息子《むすこ》はあの山《やま》の中《なか》にいるのか？」

カモが首《くび》を横《よこ》にふった。

「そいつも職業上《しょくぎょうじょう》の秘密《ひみつ》ってやつだ。」

「ああ、あんたの息子《むすこ》は、あそこにいるよ。」

クロークがまたしても横《よこ》から口《くち》をだして、秘密《ひみつ》をしゃべった。ビシッ！　カモは相棒《あいぼう》をしっぽでひっぱたき、どなりつけた。

「クローク、おまえは史上最低《しじょうさいてい》のスパイだ！」

「そうかい？　おれは史上最低《しじょうさいてい》のスパイか？　だったら、なんでこんなことができるんだ？　おい、部下《ぶか》ども！」

クロークはベニーにとびつくと、仲間《なかま》を呼《よ》んだ。何十匹《なんぴき》ものカメレオンに次々《つぎつぎ》にとびつかれ、ベニーの体《からだ》はみるみるうちに緑色《みどりいろ》にそまり、まわりの葉《は》と見《み》わけがつかなくなってしまった。

「なんだ、これ！」

ベニーは目《め》をまるくして、自分《じぶん》の体《からだ》を見《み》おろした。

「なんてこった！　せっかくの秘密作戦《ひみつさくせん》を、こんなところでばらされて……。」

カモはくやしそうに、自分《じぶん》の頭《あたま》をゴツンとなぐった。

「いまのが秘密《ひみつ》なもんか。秘密作戦《ひみつさくせん》ていうのは、こうやるんだ。」

クロークはこんどはベニーの体《からだ》を水玉《みずたま》もように、次《つぎ》にピンクとむらさきのしまもように変《か》えていった。カメレオンは、自由《じゆう》に皮膚《ひふ》の色《いろ》を変《か》えられる。保護色《ほごしょく》となって周囲《しゅうい》の景色《けしき》にとけこむこともできれば、いきなり、はでな色《いろ》になることもできるのだ。

「もうよせ。これ以上《いじょう》は、なしだぞ！」

カモはクロークをとめようと、わめいた。するとクロークは、にんまりと笑《わら》い、

「なに？　これ以上《いじょう》はないっていう超秘密作戦《ちょうひみつさくせん》を、こいつらに見《み》せてやるのか？　まかしとけ！」

クロークが合図《あいず》をすると、ベニーの体《からだ》は見《み》えなくなってしまった。

「よせ！」

カモがうめいた。

けれどサムソンは突然《とつぜん》、顔《かお》をかがやかせ、さけんだ。

「そうだ、いい作戦《さくせん》を思《おも》いついたぞ！」

16　ナイジェルのうらぎり

キリンのブリジット、ヘビのラリー、ライアンが、牢屋《ろうや》からほら穴《あな》にひっぱってこられた。獲物《えもの》の登場《とうじょう》に、ヌーたちのあいだから、どよめきが起《お》きた。みんなは感《かん》激《げき》した顔《かお》で、口々《くちぐち》にさけんだ。

「おお、偉大《いだい》なるおかたよ！」

ブリジットはぐいっと足《あし》をふんばって立《た》ちどまると、ヌーたちをふりかえり、にらみつけた。

「ふん、その偉大《いだい》なるおかたとやらは、いったい何者《なにもの》？　あたしだって、偉大《いだい》なるキリンなのよ！　そいつに会《あ》ったら、ガツンといってやる。あたしはただのキリンじゃない。大都会《だいとかい》のニューヨークっ子《こ》なんだってね！」

ブリジットはふと、ラリーやライアンの表情《ひょうじょう》に気《き》づいた。目《め》をまるくして、口《くち》をあんぐりとあけている。その視線《しせん》をたどり、石段《いしだん》の下《した》のほうをふりかえった瞬間《しゅんかん》、ブリジットは偉大《いだい》なるおかたの正体《しょうたい》がわかった。

「うそでしょう？」

プラスチックのたいまつをふってヌーたちの歓声《かんせい》にこたえているのは、なんとコアラのナイジェルではないか。頭《あたま》には、パイナップルの王冠《おうかん》をかぶっている。

ブリジットは体《からだ》をかがめ、かつての仲間《なかま》の目《め》をじっと見《み》た。

「ナイジェル！　いったいなんのまねか知《し》らないけど、ただじゃおかな――。」

「だまれ！」

ナイジェルはどなると、たいまつでブリジットの頭《あたま》をたたいた。

ブリジットは、息《いき》をのんだ。

「何《なに》をするの、この――。」

ナイジェルはたいまつをふりあげると、もう一度《ど》ブリジットをたたいた。

「だまれ！　なれなれしい口《くち》をきくな！」

ブリジットは、びっくりしてあとずさった。

ライアンはわけがわからず、たずねた。

「ナイジェル、どうしちゃったの？」

けれど、ナイジェルの返事《へんじ》はなかった。横《よこ》からカザールが、ナイジェルに問《と》いかけた。

「偉大《いだい》なるおかたよ。ごちそうの用意《ようい》をしましょうか？」

ナイジェルはうれしそうな顔《かお》で、たいまつをかかげた。

「そうだな！　ごちそうの用意《ようい》をしてくれ！　ところで、メニューはなんなんだい？」

「こいつらです。」

カザールは、ラリー、ブリジット、ライアンを前足《まえあし》でしめした。

「なんだって……。」

ナイジェルはびっくりして、しばらく口《くち》をきけなかった。

「つまり、王《おう》として尊敬《そんけい》される道《みち》をとるか、友《とも》だちをとるか。どっちかをえらばなくちゃいけないのか？　王《おう》……友《とも》だち……王《おう》……友《とも》だち……。ああ、むずかしい問《もん》題《だい》だ。」

ナイジェルはどうしたらよいかわからず、顔《かお》をあげた。カザールの声《こえ》が、ほら穴《あな》にひびいた。

「バーベキューの用意《ようい》をしろ！」

ヌーたちは、真《ま》っ赤《か》に焼《や》けた石《いし》を運《はこ》んできた。どうやら、その石《いし》の上《うえ》で獲物《えもの》を焼《や》くつもりらしい。ラリー、ブリジット、ライアンは、ほら穴《あな》のかたすみで、ぶるぶるふるえていた。

「ま、待《ま》て！」

ナイジェルがさけんだ。いくらなんでも、友《とも》だちを焼《や》き殺《ころ》すわけにはいかない。どうしたらいい？　ナイジェルは苦《くる》しまぎれにいった。

「そいつらを料理《りょうり》するのは、待《ま》て……あれがないぞ……ほら、タマネギが！　バーベキューには、タマネギがないと。」

ヌーたちは、偉大《いだい》なるおかたをじっと見《み》た。やがて大合唱《だいがっしょう》がはじまった。

「タマネギ！　タマネギ！　タマネギ！」

その声《こえ》にこたえるように、ブラッグがタマネギを角《つの》につきさして前《まえ》にすすみでた。

「うっ……ず、ずいぶん、早《はや》いね。」

ナイジェルは思《おも》わずうめいた。

ブラッグはタマネギを、真《ま》っ赤《か》に焼《や》けている石《いし》の上《うえ》にほうった。

「さあ、儀式《ぎしき》をはじめるぞ！」

カザールが宣言《せんげん》をした。

タマネギは石《いし》の上《うえ》で、ジュージューおいしそうな音《おと》をたてている。ヌーたちはよだれをたらしながら、獲物《えもの》にむかっていった。

キリンのブリジットは、ナイジェルをちらりと見《み》おろすと、小声《こごえ》でいった。

「あんたって、最低《さいてい》ね！」

「ま、待《ま》て！」

ナイジェルはまたも、さけんだ。ヌーたちの動《うご》きがとまった。

「ほら、あれもないと……帽子《ぼうし》、そう帽子《ぼうし》だ！　きみたち、パーティー用《よう》の帽子《ぼうし》がないだろう？　ぼくは、あるけど。」

ナイジェルは自分《じぶん》のパイナップルの王冠《おうかん》を、ポンとたたいた。

ヌーたちは、こまって顔《かお》を見合《みあ》わせた。

ナイジェルは、あせっていた。帽子《ぼうし》がすぐでてきたら、どうしよう？　いそいでまた、いいわけを考《かんが》えた。

「あと、ごちそうのまえに、ぼくたちみんなで――きゃあ！」

ナイジェルの悲鳴《ひめい》が、ほら穴《あな》にひびきわたった。ふいに体《からだ》が空中《くうちゅう》にうきあがり、くるくるまわりだしたのだ。

ナイジェルはわめいた。

「ど、どうだ、偉大《いだい》なるおかたは空中浮遊《くうちゅうふゆう》もできるんだ！」

「いやはや、こいつはたまげたぜ。」

ヘビのラリーが目《め》をまるくして、ブリジットとライアンを見《み》た。

ヌーたちはうしろ足《あし》で立《た》つと、偉大《いだい》なるおかたに敬意《けいい》を表《ひょう》して、ナイジェルと同《おな》じようにくるくるまわりだした。カッカッ、地面《じめん》をたたくひづめの音《おと》が、ほら穴《あな》に鳴《な》りひびいた。

ラリーたちがあっけにとられていると、どこからか声《こえ》がきこえてくる。

「おい、みんな！」

ラリーは、声《こえ》のするほうをふりむいた。

「見《み》ろよ、ベニーだ。」

ラリーにいわれ、ブリジットとライアンもふりむき、目《め》をまるくした。いつのまにか、リスのベニーがそばにいる。

「ベニー！」

「シーッ！　いいから、ついてきて！」

みんなはそっと、ベニーのあとについていった。

「おお、偉大《いだい》なるおかたよ！　あなたのパワーには、まいりました！」

カザールが感動《かんどう》した顔《かお》でさけんだ。

「まいったか！　こんなことができるのは、偉大《いだい》なるおかただけだ！」

強《つよ》がったものの、ナイジェルはすっかりふらふらで、気分《きぶん》が悪《わる》かった。そのとき突然《とつぜん》、地面《じめん》がピシッと割《わ》れ、ガスが噴《ふ》きでてきた。そのとたん、二匹《ひき》のカメレオンが空中《くうちゅう》にあらわれた。クロークとカモのスパイ・コンビだ。

「火山《かざん》ガスだ！」

コンコンせきこみながら、クロークがさけんだ。

「これじゃ、作戦《さくせん》もだいなしだ！」

カモもせきこんで、うなった。

「緊急避難《きんきゅうひなん》だ！　逃《に》げろ！」

クロークとカモが声《こえ》をはりあげると、ピョンピョン！　次々《つぎつぎ》にカメレオンが空中《くうちゅう》にとびだし、逃《に》げていった。と同時《どうじ》に、宙《ちゅう》にうかんでいるナイジェルの体《からだ》の下《した》からライオンの前足《まえあし》が、たてがみが、少《すこ》しずつ見《み》えてきた。やがて、体《からだ》をかくしていたカメレオンが残《のこ》らずいなくなってしまうと、サムソンの全身《ぜんしん》があらわれた。

カメレオンの保護色《ほごしょく》を利用《りよう》して背景《はいけい》にとけこんでいたため、サムソンとベニーはだれにも見《み》られずに、ほら穴《あな》にしのびこむことができた。サムソンがナイジェルの体《からだ》を持《も》ちあげてまわし、みんなの目《め》をひきつけているすきに、ベニーがライアンたちを逃《に》がす作戦《さくせん》だった。

途中《とちゅう》までは、うまくいっていたのだが……サムソンはナイジェルの体《からだ》を持《も》ちあげたまま、ぼうぜんとその場《ば》につったっていた。

「そろそろ来《き》てくれると思《おも》ってたよ、サムソン。」

ナイジェルが、ほっとした声《こえ》でいった。サムソンのすがたを見《み》たとたん、やっと悪《わる》い夢《ゆめ》からさめたのだ。やっぱりぼくはヌーの王《おう》さまでいるよりも、動物園《どうぶつえん》の仲間《なかま》といっしょのほうがいい。

「おお……偉大《いだい》なるおかたよ。」

カザールが顔《かお》をかがやかせた。

「またも奇跡《きせき》が起《お》きた。偉大《いだい》なるおかたが、わたしたちにつかわしてくださったのだ……ほんもののライオンを！」

どこか逃《に》げ道《みち》はないか、サムソンはほら穴《あな》を見《み》わたした。と、ライアンが仲間《なかま》といっしょに逃《に》げていくすがたが目《め》に入《はい》った。息子《むすこ》のぶじがわかり、サムソンはほっと胸《むね》をなでおろした。なんとかみんなを、ほら穴《あな》から脱出《だっしゅつ》させなくては。

「ナイジェル。」

サムソンは小声《こごえ》でいった。

「こいつらの注意《ちゅうい》をひきつけてくれ。」

コアラのナイジェルはさっと敬礼《けいれい》をすると、ヌーたちに呼《よ》びかけた。

「いいか、おまえたち。ライオンを食《た》べるには、肉《にく》をやわらかくして食《た》べやすくしなくてはいけない。これから偉大《いだい》なるおかたが、自分《じぶん》の七十三倍《ばい》も大《おお》きいライオンの肉《にく》をやわらかくするから、さがっていろ。」

ナイジェルはサムソンの背中《せなか》にまたがった。カザールをはじめヌーたちは、うっとりとした顔《かお》でそれをながめている。

「それ！　それ！　それ！」

ナイジェルはかけ声《ごえ》とともに、前足《まえあし》でサムソンの頭《あたま》をたたいた。

その声《こえ》に、ライアンはふりむいた。

「あそこにいるのは……パパ？　パパだ！」

「ライアン、よせ！」

ベニーの忠告《ちゅうこく》も、耳《みみ》に入《はい》らなかった。ライアンは、一気《いっき》にかけだした。

「パパ、ぶじだったんだね！」

パパは生《い》きていた。あんな高《たか》いがけから、落《お》ちたというのに。さすがはパパだ！

野生《やせい》のライオンであろうと、なかろうと、もうそんなことはどうでもいい。ライアンにとってサムソンは、やはり、だれよりも強《つよ》くたくましいライオンなのだ。

ベニーは首《くび》をふり、ため息《いき》をついた。

「やれやれ、まいったな。」

17　サムソンのピンチ！

ほら穴《あな》の真《ま》ん中《なか》で、コアラのナイジェルはかけ声《ごえ》も高《たか》らかに、サムソンをたたいている。

「それ！　それ！　それ！」

サムソンはそっと顔《かお》をあげ、ヌーたちを見《み》た。みんなうっとりとした顔《かお》で、こちらに注目《ちゅうもく》している。たたかれてサムソンの肉《にく》がやわらかくなるのを、待《ま》っているのだ。

作戦成功《さくせんせいこう》。このすきに、ライアンたちがうまく逃《に》げてくれれば……。と、そのとき、近《ちか》くからライアンの声《こえ》がきこえてきた。

「パパ!」

「ライアン!」

サムソンはびっくりして、思《おも》わず上体《じょうたい》を起《お》こした。その拍子《ひょうし》に、ナイジェルの体《からだ》がすっとんでいった。

聖《せい》なるコアラがポーンと飛《と》んでいくのを、ヌーたちは口《くち》をぽかんとあけ、ながめた。ドスン! 地《じ》ひびきとともに、ナイジェルは地面《じめん》に落《お》ちた。

「ど、どうだ。偉大《いだい》なるおかたは、空《そら》も飛《と》べるのだ。」

ナイジェルは頭《あたま》からずり落《お》ちそうなパイナップルの王冠《おうかん》を手《て》でおさえ、いいわけをした。

一方《いっぽう》、サムソンは、逃《に》げたはずの息子《むすこ》がもどってきたため、すっかりあわててしまった。

「ライアン、来《く》るな!」

必死《ひっし》にさけんだが、おそかった。ライアンは一直線《いっちょくせん》にむかってきた。ヌーたちはすぐさま、ライオン親子《おやこ》をとりかこんだ。

ライアンはおそれることなく、きっぱりといった。

「パパ、こいつらに見《み》せてやろうよ。動物界《どうぶつかい》のピラミッドの頂点《ちょうてん》にいるのは、ぼくたちだってことを！」

ライアン、うそをついていたわたしを、ゆるしてくれたのか！　サムソンは胸《むね》が熱《あっ》くなった。なんとしても、ライアンをまもろう。ヌーのやつらめ、ライオンの強《つよ》さを思《おも》い知《し》らせてやるぞ！　サムソンは自分《じぶん》をふるいたたせた。

カザールが目《め》をぎらつかせ、にやりと笑《わら》った。

「まず、子《こ》どもから食《く》うとしよう。」

「やるなら、わたしの死体《したい》をこえていけ！」

サムソンは息子《むすこ》の前《まえ》に立《た》ち、うなり声《ごえ》をあげた。さっとうしろ足《あし》で立《た》つと、そのたくましい前足《まえあし》でカザールの頭《あたま》をなぐりつけた。右《みぎ》から一発《ぱつ》、左《ひだり》から一発《ぱつ》。つづけざまになぐられて、カザールは頭《あたま》をのけぞらせた。その拍子《ひょうし》に、ボキッ！　巨大《きょだい》な角《つの》が一本《ぽん》折《お》れ、地面《じめん》に落《お》ちた。

よくも、だいじな角《つの》を折《お》ってくれたな！　カザールは怒《いか》りに燃《も》え、サムソンにむかっていった。ガシッ。ヌーとライオンの頭《あたま》と頭《あたま》がぶつかった。

カザールの頭《あたま》におされ、サムソンはうしろ向《む》きで石段《いしだん》をのぼっていった。気《き》づいたときには、頂上近《ちょうじょうちか》くの石段《いしだん》のはしまで追《お》いつめられていた。うしろ足《あし》がずり落《お》ち、あわてて前足《まえあし》で石段《いしだん》のはしをつかみ、ぶらさがった。

ライアンたちのすがたが、はるか下《した》に見《み》える。ここから落《お》ちたら、おしまいだ。

そのようすを見《み》て、リスのベニーが、ぞっとした顔《かお》で仲間《なかま》をふりかえった。

「サムソンが殺《ころ》されちまう！　なんとかしないと！」

ヘビのラリーが、ぐいっと鎌首《かまくび》をもたげて、みんなに問《と》いかけた。

「なんで秘密作戦《ひみつさくせん》をやらないんだ？」

秘密作戦《ひみつさくせん》だって？　みんなのおどろいた顔《かお》を見《み》て、ラリーは首《くび》をすくめた。

「いや、なんでもない。わすれてくれ。ばかげたことをいっちまった。」

「たしかにばかげてる。でも、すばらしくばかげてるぞ！」

ベニーが興奮《こうふん》してさけんだ。カーリング大会《たいかい》のときの秘密作戦《ひみつさくせん》を思《おも》いだしたのだ。あのときは失敗《しっぱい》してしまったけれど、こんどはぜったいに成功《せいこう》させてみせるぞ！

石段《いしだん》のはしにしがみついているサムソンを、カザールはせせら笑《わら》った。

「わたしが予言《よげん》のことを話《はな》したら、みんな笑《わら》った。けど、最後《さいご》に笑《わら》うのはだれかな？」

そういって、サムソンの前足《まえあし》を思《おも》いきりふみつけると、けたたましい笑《わら》い声《ごえ》をあげた。

「とっとと落《お》ちろ……動物界《どうぶつかい》のピラミッドのいちばん下《した》まで！」

サムソンがなんとか石段《いしだん》にしがみついているあいだに、仲間《なかま》たちは、せっせと秘《ひ》密作戦《みつさくせん》の準備《じゅんび》をすすめていた。ヘビのラリーの体《からだ》をゴムのようにのばし、大《おお》きな石《いし》を弾《たま》にして、はじきとばす作戦《さくせん》だ。

地面《じめん》からは、とがった岩《いわ》がいくつもつきでている。その岩《いわ》のひとつにラリーの頭《あたま》をまきつけ、遠《とお》くにある別《べつ》の岩《いわ》にしっぽをまきつけた。体《からだ》がのびればのびるほど、弾《たま》の威力《いりょく》も増《ま》す。さあ、準備《じゅんび》はすんだ。

ナイジェルはキリンのブリジットの頭《あたま》によじのぼると、ヘビのラリーのぴんとのびた体《からだ》の真《ま》ん中《なか》に石《いし》をおいて、ぐいっとうしろにひっぱった。

ライアンは、はらはらしながらそのようすを見《み》ていた。どうかうまく命中《めいちゅう》してくれるように、と祈《いの》りながら。

「よし、発射《はっしゃ》！」

かけ声《ごえ》とともに、ナイジェルは手《て》をはなした。ピューン！　石《いし》はミサイルのようないきおいで飛《と》んでいくと、天井《てんじょう》からたれさがっている岩《いわ》にあたってはねかえり、下《した》に落《お》ちていった。まっすぐカザールの鼻《はな》に。

「いたたっ！」

カザールは思《おも》わずさけんだ。そのすきに、サムソンは前足《まえあし》をふんばって体《からだ》を持《も》ちあげ、なんとか石段《いしだん》の上《うえ》までもどった。力《ちから》を使《つか》いはたし、へとへとだった。カザールは、すかさず突進《とっしん》。反撃《はんげき》するすきをあたえず、つかれきったサムソンの体《からだ》の下《した》にさっともぐりこむと、肩《かた》にかついだ。

「もっと大《おお》きな弾《たま》を見《み》つけなきゃ。」

リスのベニーが、おろおろした声《こえ》でいった。

「もっと大《おお》きな弾《たま》なら、あるよ。」

ライアンが仲間《なかま》に近《ちか》づいた。その顔《かお》には決意《けつい》がみなぎっている。ライアンは、ぴんとのびたヘビのラリーの体《からだ》の真《ま》ん中《なか》にもたれると、片目《かため》をつぶった。自分《じぶん》が弾《たま》になるつもりなのだ。

コアラのナイジェルたちは、また発射《はっしゃ》の準備《じゅんび》にとりかかった。ライアンを乗《の》せたラリーの体《からだ》を、思《おも》いきりうしろにひっぱった。


カザールはサムソンを肩《かた》にかついだまま、石段《いしだん》をさらにのぼっていった。壁《かべ》に彫《ほ》られた聖《せい》なるコアラ像《ぞう》がまつられているてっぺんまで、たどりつくと、

「おとなしく、自分《じぶん》の住《す》みかにいればいいものを。この祭壇《さいだん》が、おまえの墓場《はかば》になるとはな！」

憎々《にくにく》しげにいい、サムソンの体《からだ》をドサリと石段《いしだん》の上《うえ》に落《お》とした。こんどこそ、と

どめをさしてやる！　頭《あたま》を低《ひく》くしておそいかかろうとしたそのとき、ピューン！

ライアンが空中《くうちゅう》を飛《と》んできた。

「腹《はら》の底《そこ》まで息《いき》をすえ！」

ライアンは自分《じぶん》にいいきかせると、思《おも》いきり口《くち》をあけて声《こえ》をだした。

ウォオー！

18　ヌーの王国《おうこく》の崩壊《ほうかい》

ライアンのいさましいほえ声《ごえ》が、ほら穴《あな》にひびきわたった。

なんだ？　カザールの動《うご》きが、ぴたりととまった。

ベニー、ブリジット、ラリーも、びっくりした顔《かお》で見《み》ている。

「ライアン！」

ついにやったな。ほえられたじゃないか！　サムソンはほこらしさで、胸《むね》がいっぱいになった。ライアンのほえ声《ごえ》をきいたとたん、つかれきっていた体《からだ》に、力《ちから》がみなぎってきた。

ライアンはほえながら、石段《いしだん》のてっぺんにいるカザールの背中《せなか》に着地《ちゃくち》した。子《こ》どものくせに、生意気《なまいき》な！　カザールはいきおいよくうしろ足《あし》で立《た》ち、ライアンの体《からだ》をふり落《お》とした。乱暴《らんぼう》に石段《いしだん》にたたきつけられ、ライアンはぐったりとして横《よこ》たわった。

ライアン！　サムソンは心臓《しんぞう》がとまりそうになった。

カザールは頭《あたま》をふった。

「やれやれ。きのどくだが、まず先《さき》に子《こ》どもを食《く》ってやるとするか。」

「わたしの息子《むすこ》に手《て》をだすな！」

サムソンは、カザールにとびかかった。よくも、だいじな息子《むすこ》をいためつけてくれたな！　子《こ》どもの敵《てき》に立《た》ちむかう親《おや》ほど、強《つよ》いものはない。

カザールの巨大《きょだい》な体《からだ》を持《も》ちあげ、壁《かべ》にむかって力《ちから》いっぱいほうり投《な》げると、サムソンはライアンのもとにかけよった。ヌーの大群《たいぐん》が、ライオンの親子《おやこ》をとりかこんだ。

「ライアン？　わたしをゆるしてくれるか？」

サムソンの声《こえ》に、ライアンはたおれたまま目《め》をあけ、弱々《よわよわ》しい声《こえ》で答《こた》えた。

「あたりまえだよ、パパ。それより、これだけはいっておきたいんだ……パパはお父《とう》さんがいなくて、かわいそう……ぼくのパパみたいに、強《つよ》いお父《とう》さんが……。」

「なんとまあ、感動的《かんどうてき》な場面《ばめん》だな。」

カザールはせせら笑《わら》い、よろよろと立《た》ちあがった。

「しかし、死《し》ぬまぎわのことばには、ぴったりだ。そいつらをやっつけろ！」

カザールは部下《ぶか》たちに命令《めいれい》した。が、どのヌーも、じっとその場《ば》につったったたま、動《うご》こうとしなかった。

カザールはびっくりして、大声《おおごえ》でさけんだ。

「そいつらをやっつけろと、命令《めいれい》したんだぞ。肉食動物《にくしょくどうぶつ》らしくなれ！」

ブラッグが前《まえ》にすすみでた。

「もう、うんざりです。自分《じぶん》らしくないものになるふりをするのは、たくさんだ。でも、何《なに》よりもわたしたちは、あなたにうんざりなんです！」

ブラッグが合図《あいず》をすると、そばにいたヌーが、ナイジェル人形《にんぎょう》をカザールにむかってけっとばした。

「ブラッグ！」

足《あし》もとにころがったナイジェル人形《にんぎょう》を見《み》て、カザールはぼうぜんとした。よくも神聖《しんせい》な人形《にんぎょう》をけっとばしたな！　怒《いか》りに燃《も》える目《め》で、ヌーの群《む》れをにらみつけた。

「よろしい！　こいつらの始末《しまつ》はわたしがつけてやる！」

カザールは折《お》れた角《つの》を前足《まえあし》でひろいあげると、ナイフのようにふりまわし、サムソンにむかっていった。

ライアンは頭《あたま》をあげ、せいいっぱい声《こえ》をはりあげた。

「パパ、いつもぼくに教《おし》えてくれたことを思《おも》いだして。腹《はら》の底《そこ》まで、息《いき》をすうんだよ！」

貨物列車《かもつれっしゃ》のようなスピードで、カザールがおそいかかってくる。サムソンの頭《あたま》に、サーカスの悲《かな》しい思《おも》い出《で》がよみがえってきた。サーカスのロボットのヌーと、カザールのすがたが、かさなって見《み》えた。

負《ま》けるものか！　もうわたしは、サーカスのひよわなサムソンではない！　目《め》と鼻《はな》の先《さき》までカザールがせまってきたとき、サムソンは腹《はら》の底《そこ》までためていた息《いき》を一気《いっき》にはきだした。

ウォオオオオー！

すさまじい声《こえ》がとどろいた。衝撃《しょうげき》で、目《め》の前《まえ》にいたカザールの体《からだ》は、壁《かべ》に彫《ほ》られた聖《せい》なるコアラ像《ぞう》までふっとんでいった。ドッシーン！　カザールの巨体《きょたい》がぶつかり、像《ぞう》はひびわれた。ぱらぱらと破片《はへん》が落《お》ちてきた。

リスのベニーは両耳《りょうみみ》をふさいだまま、親友《しんゆう》に声援《せいえん》を送《おく》った。

「やったぞ、サムソン！」

「すごい、パパ！」

ライアンは顔《かお》をあげ、ほこらしげにお父《とう》さんを見《み》つめた。ぼくのパパは、世界一《せかいいち》強《つよ》いライオンだ！　どんな野生《やせい》のライオンにも、負《ま》けはしないぞ！

サムソンはもう一度《ど》、ほえた。おどろいたことに、こんどはさらに大《おお》きな声《こえ》がでた。

ウォオオオオー!!

びりびりと空気《くうき》をふるわせ、サムソンの声《こえ》は、ほら穴《あな》いっぱいにひびきわたった。

地面《じめん》が、壁《かべ》が、天井《てんじょう》が、大《おお》きくゆれた。と、サムソンの声《こえ》にかさなって、ゴオー！

地《じ》ひびきがとどろいた。ほら穴《あな》は、さらにはげしくゆれはじめた。火山《かざん》が噴火《ふんか》したのだ！

「行《い》くぞ！」

サムソンは、ライアンと仲間《なかま》に呼《よ》びかけた。

ライアンは足《あし》をひきずりながら、お父《とう》さんといっしょに石段《いしだん》をおりていった。ベニー、ナイジェル、ブリジット、ラリーは、先《さき》に出口《でぐち》にむかっている。ヌーの大群《たいぐん》もいそいで逃《に》げだした。

ブラッグはほら穴《あな》をでる前《まえ》に、どうしてもいっておきたいことがあった。岩《いわ》のかけらが雨《あめ》のようにふってくる中《なか》、うす笑《わら》いをうかべ、カザールをふりかえった。

「いっておきますが、あなたのふりつけたダンスは大《だい》きらいだ。センスが古《ふる》すぎる。時代《じだい》おくれもいいとこだ。」

カザールはうなずくと、よろよろと立《た》ちあがった。

「よろしい！　さあ、おまえたち、さっさと逃《に》げろ！　おくびょうな獲物《えもの》のように、逃《に》げていくがいい！　わたしが追《お》いつめてやる！」

表《おもて》から、サムソンが動物《どうぶつ》たちを避難《ひなん》させる声《こえ》がひびいてきた。

「みんな、船《ふね》に乗《の》れ！」

ゴォー！　地《じ》ひびきが、さらに大《おお》きくなっていった。

「……動物界《どうぶつかい》のピラミッドの頂点《ちょうてん》！」

カザールは前足《まえあし》をつきあげてさけぶと、ドサッと地面《じめん》にたおれこんだ。どこからか、ナイジェル人形《にんぎょう》の歌《うた》がきこえてきた。

『ぼくはとってもキュートなコアラ。きみが大《だい》すき。』

その歌声《うたごえ》をかきけすように、すさまじい音《おと》をとどろかせ、聖《せい》なるコアラ像《ぞう》がカザールの上《うえ》にくずれ落《お》ちてきた。

19　楽《たの》しい船旅《ふなたび》

ドーン！　ドーン！　はげしい音《おと》とともに、火口《かこう》から真《ま》っ赤《か》な火柱《ひばしら》が噴《ふ》きあがっている。サムソンや仲間《なかま》は、船《ふね》の甲板《かんぱん》から火山《かざん》の噴火《ふんか》のようすを見《み》ていた。カザールがきずきあげたヌーの王国《おうこく》も、噴火《ふんか》とともにほろびてしまった。

「消《き》えてしまう前《まえ》に、野生《やせい》の世界《せかい》を見《み》られてよかった。」

ライアンがつぶやいた。サムソンは息子《むすこ》の肩《かた》をだいて、

「わたしにはまだ、見《み》える。野生《やせい》は……。」

「ここにあるんでしょ？」

ライアンは自分《じぶん》の胸《むね》を、前足《まえあし》でたたいた。

「ぼく、心《こころ》でほえたよ、パパ。」

サムソンは息子《むすこ》をぎゅっとだきしめた。

「いっしょだ。パパも心《こころ》でほえたんだ。」

野生《やせい》の世界《せかい》での冒険《ぼうけん》もおわり、船《ふね》はニューヨークにひきかえそうとしている。

甲板《かんぱん》できゅうくつそうにしているヌーたちを見《み》て、ライアンはお父《とう》さんに笑《わら》いかけた。

「ねえ、パパ。こんどのことは、『野生《やせい》のサムソンとライアン』の最初《さいしょ》の武勇伝《ぶゆうでん》になりそうだね。」

「そうだな。だれも信《しん》じてはくれないだろうが。」

サムソンも笑《わら》い、頭《あたま》をふった。

火柱《ひばしら》を噴《ふ》きあげている火口《かこう》から、何《なに》やら黒《くろ》いものがとびだし、まっすぐ船《ふね》にむかってくる。なんだろう？　岩《いわ》か？

甲板《かんぱん》のヌーたちは、さっと散《ち》っていった。コアラのナイジェルだけが、空《そら》を見《み》あげていた。足《あし》がすくんで動《うご》けなかったのだ。ナイジェルの足《あし》もとに、その黒《くろ》い得体《えたい》の知《し》れないものがころがった。手《て》にとってみると、黒《くろ》こげになったナイジェル人形《にんぎょう》だった。

『ぼくはとってもキュート……とってもキュート……。』

人形《にんぎょう》は、ガーガーうなりつづけた。

ナイジェルは人形《にんぎょう》をじっと見《み》つめた。この人形《にんぎょう》のせいで、カザールは道《みち》をあやまってしまった。ナイジェルも、もう少《すこ》しでたいせつな仲間《なかま》をうらぎるところだった。すべての悪夢《あくむ》は、この人形《にんぎょう》からはじまったのだ。

「うん。きみがキュートなのは、知《し》ってるよ。」

ナイジェルはやさしく声《こえ》をかけた。ナイジェルが人形《にんぎょう》にこんな声《こえ》で話《はな》しかけるのは、はじめてだった。

「でも、きみは水《みず》にうくかな?」

そう問《と》いかけると、ナイジェルは海《うみ》にむかって人形《にんぎょう》をほうり投《な》げた。さよなら、ぼくの分身《ぶんしん》! 空中《くうちゅう》で人形《にんぎょう》がうたった。

『今日《きょう》は最高《さいこう》! 今日《きょう》は最高《さいこう》!』

その声《こえ》に合《あ》わせて、ヌーたちの大合唱《だいがっしょう》がはじまった。ブラッグをはじめ、ヌーたちも、やっとカザールの恐怖《きょうふ》から逃《のが》れられ、自由《じゆう》になったのだ。はればれとした顔《かお》で、みんなはうたった。

「今日《きょう》は最高《さいこう》! 今日《きょう》は最高《さいこう》!」

操舵室《そうだしつ》では、クロークとカモのカメレオン・コンビが舵輪《だりん》の上《うえ》にこしかけて、感《かん》心《しん》したような顔《かお》でヘビのラリーを見《み》つめていた。

ラリーはフルーツの入《はい》ったバスケットを頭《あたま》にのせている。そればかりか、真《ま》っ赤《か》な口紅《くちべに》をぬりたくり、目《め》にはつけまつげまで！

「これで変身大作戦《へんしんだいさくせん》は完璧《かんぺき》だ！」

クロークがさけんだ。カモも満足《まんぞく》そうにうなずいて、

「その変装《へんそう》なら、ぜったいにばれっこない。すばらしい！　これできみもりっぱなスパイだ、ラリー捜査官《そうさかん》。」

「みんな、きいてくれよ。おれさまはスパイだぞ。ラリー捜査官《そうさかん》だぞ！」

ラリーは興奮《こうふん》して、甲板《かんぱん》にむかってわめいた。

リスのベニーはキリンのブリジットとならんで、船《ふね》の先端《せんたん》で海《うみ》を見《み》ていた。ふと思《おも》いつめた顔《かお》で、ブリジットを見《み》あげた。

「わかってる。きみは、ただスタイルがよくて美人《びじん》というだけじゃない。自分《じぶん》とい

うものをもった、強《つよ》い女《おんな》だ。だれにも、しばられる必要《ひつよう》はない。そのことは尊重《そんちょう》するよ。」

「そろそろ、しばられてもいいころよ。」

ブリジットは首《くび》を前《まえ》にかがめて、ベニーにキスをした。ベニーがずっと夢《ゆめ》に見《み》ていたような、あまいキスだった。

「い、いまのは、どういうつもり？」

ベニーがびっくりしてきくと、ブリジットはにっこりと笑《わら》った。

「あなたに必要《ひつよう》な、愛《あい》のビタミンよ。いまのは、今日《きょう》のぶん。」

甲板《かんぱん》では、ナイジェルがブラッグに最新《さいしん》のダンスを教《おし》えていた。そのまわりでヌーたちが円《えん》になり、声援《せいえん》をおくっている。カザールのふりつけたダンスを踊《おど》っていたときとは、大《おお》ちがい。ブラッグはなんと、頭《あたま》で立《た》ってくるくるまわっているではないか。

「いいぞ、ブラッグ！　いいぞ、ブラッグ！」

サムソンは、いてもたってもいられなくなってきた。自分《じぶん》も踊《おど》りたくてたまらなくなってきたのだ。

「おいブラッグ、ちょっと場所《ばしょ》をあけてくれ。」

ヌーたちをかきわけ、みんなの真《ま》ん中《なか》に立《た》った。

「パパ！」

ライアンは、びっくりしてさけんだ。サムソンのダンスは、古《ふる》くさいうえに、ひどく下手《へた》だった。けれどサムソンは気持《きも》ちよさそうに、うっとりとした顔《かお》で踊《おど》っている。ライアンは、はずかしくて赤《あか》くなった。ベニーもブリジットも、口《くち》をあんぐりとあけて見《み》ている。

サムソンはダンスを中断《ちゅうだん》すると、見物客《けんぶつきゃく》に感想《かんそう》をきいた。

「なかなかやるだろう？　最高《さいこう》かい？」

ベニーは親友《しんゆう》として、ほんとうのことを教《おし》えてやろうとした。けれど、ベニーが口《くち》をひらくよりも早《はや》く、ヌーたちがサムソンの古《ふる》くさいダンスをまねして踊《おど》りだしてしまった。甲板《かんぱん》ではたちまち、ダンス・パーティーがはじまった。

やれやれ。ベニーはあきらめて、ため息《いき》をついた。


船《ふね》はニューヨークをめざして、ゆっくりとすすんでいく。サムソンとライアン親《おや》子《こ》の旅《たび》も、いまはじまったばかりだ。この先《さき》、どんなあらしや高波《たかなみ》が待《ま》ちうけていることか。けれど、親子《おやこ》のきずなをふたたび手《て》に入《い》れたいま、おそれるものはない。おたがいを信《しん》じる心《こころ》があれば、何《なに》があってものりこえていけるだろう。

カザールから息子《むすこ》をまもらなくてはと思《おも》ったとき、サムソンの体《からだ》には、しぜんに力《ちから》がわいてきた。まさか自分《じぶん》にこんな強《つよ》さがあったとは、われながら不思議《ふしぎ》なほどだった。

過去《かこ》をかざる必要《ひつよう》はなかった。みんなからおそれられる、強《つよ》いライオンを演《えん》じる必要《ひつよう》もなかった。いざというときに、体《からだ》をはって息子《むすこ》をまもってやれる父親《ちちおや》であれば、それでよかったのだ。

それに気《き》づくことができたのは、ベニーをはじめ、仲間《なかま》のおかげだ。くじけそうになったときも、仲間《なかま》がたすけてくれた。だからライアンを見《み》つけることができた。自分《じぶん》のほんとうの強《つよ》さを知《し》ることもできた。そしてようやく、過去《かこ》の悲《かな》しい思《おも》い出《で》から、自分《じぶん》を解放《かいほう》してやることができた。

サムソンにとって、ライアンをさがすこの旅《たび》は、ほんとうの自分《じぶん》をさがす旅《たび》でもあったのだ。

楽《たの》しそうに踊《おど》るサムソンを見《み》て、ライアンは思《おも》った。こんな楽《たの》しそうなパパは、はじめて見《み》る。いつも動物園《どうぶつえん》では堂々《どうどう》として、王者《おうじゃ》のようにふるまっていたのに。ライオンというだけで、強《つよ》くなくてはいけないと、みんなから思《おも》われていた。サムソンもライアンも、そう思《おも》いこんでいた。だからライアンは、悩《なや》んでいたのだ。りっぱすぎるお父《とう》さんと自分《じぶん》をくらべて。

サムソンの子《こ》どもでなければ、よかった。何度《なんど》そう思《おも》ったことか。

それなのに、強《つよ》くたくましい野生《やせい》のサムソンが、にせものだったとは。だったら、なんのためにこれまで悩《なや》んできたのか……うらぎられた気分《きぶん》だった。

けれど、サムソンは、動物園《どうぶつえん》からジャングルまで、はるばると自分《じぶん》をさがしに来《き》てくれた。野生《やせい》の世界《せかい》を知《し》らないサムソンにとって、それはどんなに勇気《ゆうき》のいることだったろう。お父《とう》さん以外《いがい》のだれが、そんな危険《きけん》をおかしてくれるだろうか。

ライアンの目《め》には、カザールをたおしたときのサムソンのすがたが、いまも焼《や》きついている。ライアンにとっては、あのときのサムソンこそが、真《しん》のヒーローだった。命《いのち》がけで自分《じぶん》をまもってくれた、お父《とう》さんこそが。

サムソンの子《こ》どもに生《う》まれたことを、ライアンは心《こころ》からほこらしく思《おも》った。

みんなといっしょに踊《おど》りながら、ライアンはサムソンに、にっこりと笑《わら》いかけた。

サムソンもにっこりと笑《わら》いかえし、ヌーたちといっしょに、声《こえ》を合《あ》わせてうたった。

「今日《きょう》は最高《さいこう》！　今日《きょう》は最高《さいこう》！」


（おわり）

「ライアンを探《さが》せ！」解説《かいせつ》

しぶや　まさこ

愛《あい》と感動《かんどう》の冒険《ぼうけん》ファンタジー

ディズニーが贈《おく》る長編《ちょうへん》アニメーション映画《えいが》「ライアンを探《さが》せ！」は、動物《どうぶつ》たちの愛《あい》と友情《ゆうじょう》を描《えが》いた冒険物語《ぼうけんものがたり》です。

お話《はなし》の主人公《しゅじんこう》となるのは、アメリカ、ニューヨーク市《し》の動物園《どうぶつえん》で暮《く》らすライオンの親子《おやこ》。お父《とう》さんのサムソンは「野生育《やせいそだ》ちの獰猛《どうもう》なライオン」として、動物園《どうぶつえん》の人気《にんき》スターです。

息子《むすこ》のライアンは、ネコのような声《こえ》でしかほえられないのが悩《なや》み。りっぱなお父《とう》さんと自分《じぶん》をくらべて、いじけてしまいます。それがもとで親子《おやこ》げんかとなり、動《どう》物園《ぶつえん》の外《そと》にある緑《みどり》の箱《はこ》にかくれるのですが……その箱《はこ》が、動物《どうぶつ》の輸送用《ゆそうよう》のコンテナだったから、たいへん！　ライアンはどこかに運《はこ》ばれてしまいます。

サムソンは、なんとしても息子《むすこ》を探《さが》しだそうと決意《けつい》します。じつはサムソンには大《おお》きな秘密《ひみつ》があり、それをライアンにうちあけて、親子《おやこ》のきずなを一から築《きず》きなおしたかったのです。

リスのベニー、キリンのブリジット、コアラのナイジェル、大蛇《だいじゃ》のラリーも、サムソンへの協力《きょうりょく》を申《もう》しでます。たいせつな仲間《なかま》の一大事《いちだいじ》。ほうっておけるわけが、ありません。みんなは知恵《ちえ》を働《はたら》かせて、動物園《どうぶつえん》を脱出《だっしゅつ》。大冒険《だいぼうけん》がはじまります。

サムソンたちは、ライアンを追《お》いかけて大都会《だいとかい》ニューヨークをかけめぐり、さらには自分《じぶん》たちで船《ふね》を操縦《そうじゅう》して、南《みなみ》の島《しま》のジャングルまでたどりつきました。

うっそうとして、見《み》るからに不気味《ぶきみ》なジャングルを、みんなはすすんでいきます。もくもくと煙《けむり》をはきだし、いまにも噴火《ふんか》しそうな火山《かざん》。草食動物《そうしょくどうぶつ》から肉食《にくしょく》になりたくて、獲物《えもの》をねらっているヌーの一団《いちだん》。思《おも》わぬ仲《なか》たがい……。

次《つぎ》から次《つぎ》へと、ピンチに見舞《みま》われますが、サムソンたちは、へこたれません。信頼《しんらい》とチームワークで、危機《きき》をのりこえていきます。そして、みんなの友情《ゆうじょう》とサムソンの愛情《あいじょう》が、大《おお》きな奇跡《きせき》を起《お》こすのです。

個性豊《こせいゆた》かなキャラクター

りっぱなたてがみに、たくましい体《からだ》。ひと声《こえ》ほえれば動物園《どうぶつえん》の見物客《けんぶつきゃく》から歓声《かんせい》があがり、まわりの動物《どうぶつ》からは尊敬《そんけい》され、サムソンはまさに動物園《どうぶつえん》の王様《おうさま》です。

一方《いっぽう》のライアンは、まだたてがみも生《は》えていなくて、見《み》るからにおさない顔《かお》つき。たくましいお父《とう》さんとは対照的《たいしょうてき》に、すぐにめそめそしてしまいます。そんなひよわなライアンが、ジャングルでの冒険《ぼうけん》を経験《けいけん》して、どう成長《せいちょう》していくか。どんなふうにお父《とう》さんと仲《なか》なおりするのかも、見《み》どころの一つです。

ライアン親子《おやこ》を、いつもあたたかく見守《みまも》っているのが、サムソンの親友《しんゆう》であるリスのベニー。ニューヨークの街《まち》で暮《く》らすベニーは、知恵《ちえ》と勇気《ゆうき》にあふれています。サムソンをはげましたり、仲間《なかま》を一つにまとめたり、と大活躍《だいかつやく》。縁《えん》の下《した》の力持《ちからも》ちともいうべき、大事《だいじ》な存在《そんざい》です。

そんなベニーの弱点《じゃくてん》は、キリンのブリジット。体《からだ》の大《おお》きさのちがいもなんのその、ベニーはブリジットに恋《こい》しているのです。けれど、頭《あたま》がよくてしっかりもののブリジットは、ボーイフレンドなんかいらない様子《ようす》。はたしてベニーの思《おも》いはとどくのでしょうか？

体長《たいちょう》六メートル以上《いじょう》もある大蛇《だいじゃ》といえば、見《み》るだけでふるえあがってしまいますが、この物語《ものがたり》に登場《とうじょう》するラリーは、ちっともこわくありません。のんびりやさんで、おっちょこちょい。ちょっと無神経《むしんけい》な発言《はつげん》をすることも多《おお》いけれど、なぜか憎《にく》めないキャラクターです。

見《み》かけと反対《はんたい》といえば、コアラのナイジェルもそうです。動物園《どうぶつえん》のアイドルなのに、「かわいい」といわれるのが大嫌《だいきら》いというひねくれもの。すぐに文句《もんく》をいうし、みんなをはらはらさせる問題児《もんだいじ》でもあります。

動物園《どうぶつえん》の仲間《なかま》のほかにも、ユニークなキャラクターがたくさん登場《とうじょう》します。

ニューヨークの下水道《げすいどう》でサムソンたちの道案内《みちあんない》をしてくれる、ワニのカーマインとスタン。漫才《まんざい》のようなかけあいが面白《おもしろ》い、カメレオンのカモとクロークのスパイ・コンビ。肉食動物《にくしょくどうぶつ》になりたいというおそろしい野望《やぼう》を抱《いだ》く、ヌーのリーダーのカザール。その忠実《ちゅうじつ》な部下《ぶか》でありながら、内心《ないしん》ではカザールをばかにしているブラッグ。そして、ダンスが得意《とくい》なヌーの一団《いちだん》。

主役《しゅやく》のライアン親子《おやこ》のほかにも、こうした個性豊《こせいゆた》かな動物《どうぶつ》たちが次《つぎ》から次《つぎ》へと登場《とうじょう》し、物語《ものがたり》を盛《も》りあげてくれます。

胸《むね》を打《う》つ力強《ちからづよ》いメッセージ

ライアンはサムソンのように強《つよ》いライオンになりたいのですが、期待《きたい》にこたえられない自分《じぶん》が情《なさ》けなくて、悩《なや》みます。お父《とう》さんはお父《とう》さん、自分《じぶん》は自分《じぶん》、と割《わ》り切《き》ることもできずに、サムソンの子《こ》でなければよかった、とまで思《おも》いつめてしまいます。自分以外《じぶんいがい》のものになろうと無理《むり》をして、苦《くる》しんでいたのです。

その原因《げんいん》は、サムソンにもあります。百獣《ひゃくじゅう》の王《おう》ライオンのイメージにこだわりすぎて、必要以上《ひつよういじょう》に自分《じぶん》を強《つよ》くたくましく見《み》せようとしました。そのため、息子《むすこ》のライアンによけいな重荷《おもに》を与《あた》えてしまったのです。

ヌーのリーダー、カザールもそうです。草食動物《そうしょくどうぶつ》なのに、「肉食動物《にくしょくどうぶつ》となって動物《どうぶつ》界《かい》のピラミッドの頂点《ちょうてん》に君臨《くんりん》したい」という無理《むり》な野望《やぼう》を抱《いだ》いたために、道《みち》を誤《あやま》ってしまいました。

この物語《ものがたり》では、自分以外《じぶんいがい》のものになろうとして背伸《せの》びをすることのむなしさ、おろかさが描《えが》かれています。無理《むり》して自分《じぶん》をかざるよりも、ありのままでいい。そのままの自分《じぶん》を信《しん》じて愛《あい》しなさい、といったメッセージが伝《つた》わってきます。またディズニーならではのテーマである、親子《おやこ》の愛情《あいじょう》と仲間《なかま》との友情《ゆうじょう》も、きめ細《こま》かく描《えが》かれています。

はるばるジャングルで再会《さいかい》した喜《よろこ》びもつかのま、ライアンはサムソンから過去《かこ》にまつわる告白《こくはく》をきかされ、ショックを受《う》けます。すぐには信《しん》じられないほどの、大《おお》きな秘密《ひみつ》でした。けれど、お父《とう》さんが命《いのち》がけでヌーのカザールと戦《たたか》うすがたを見《み》たとき、わだかまりは消《き》えました。

自分以外《じぶんいがい》のだれが息子《むすこ》を守《まも》ってやれるのだというサムソンの一途《いちず》な愛情《あいじょう》、そして勇気《ゆうき》に、ライアンは胸《むね》を打《う》たれました。そしてライアンもまた、お父《とう》さんのために戦《たたか》おうと、立《た》ちあがります。ようやく親子《おやこ》の心《こころ》がひとつになったのです。

サムソンもライアンも、ライオンのイメージにこだわりすぎていました。いつも強《つよ》がっている必要《ひつよう》はない。たいせつなだれかを守《まも》ろうとしたとき、しぜんと力《ちから》はわいてくるものなのです。それも、思《おも》ってもみなかった大《おお》きな力《ちから》が。自分《じぶん》たちのほんとうの強《つよ》さを知《し》った彼《かれ》らに、もうこわいものはありません。

ニューヨークからジャングルまでの旅《たび》は、サムソン親子《おやこ》にとって、ほんとうの自《じ》分《ぶん》を探《さが》す旅《たび》でもありました。それは仲間《なかま》たちにとっても、同《おな》じことです。この旅《たび》を通《つう》じて、みんなそれぞれ、自分《じぶん》の弱《よわ》さや強《つよ》さを知《し》りました。そして何度《なんど》も危機《きき》をくぐりぬけたことで、前以上《まえいじょう》に強《つよ》い信頼《しんらい》が生《う》まれたのです。

こうして大冒険《だいぼうけん》を終《お》えて、みんなはニューヨークにもどる船《ふね》に乗《の》りました。親子《おやこ》のきずなと友情《ゆうじょう》と、二つの宝《たから》を手《て》に入《い》れて、サムソンにとってはこのうえない幸《しあわ》せな航海《こうかい》だったにちがいありません。

映画《えいが》の監督《かんとく》を務《つと》めるのは、視覚効果《しかくこうか》のベテランである、スティーブ・スパッツ・

ウィリアムズ。全体《ぜんたい》の作業《さぎょう》に、のべ百三十万時間《まんじかん》もかけたというだけあって、細部《さいぶ》にまでこだわった映像《えいぞう》を楽《たの》しめます。

たとえば、サムソンの体《からだ》にはえている毛《け》は六百万本以上《まんぼんいじょう》、その一本《ぽん》一本《ぽん》をコンピュータで立体的《りったいてき》に画像化《がぞうか》したそうです。リアルで美《うつく》しい描写《びょうしゃ》により、動物《どうぶつ》たちがいきいきとスクリーンで躍動《やくどう》します。

サムソンとライアン親子《おやこ》とその仲間《なかま》が大活躍《だいかつやく》する、長編《ちょうへん》アニメーション映画《えいが》「ライアンを探《さが》せ！」も、本書《ほんしょ》とあわせてお楽《たの》しみください。

しぶや まさこ（澁谷正子）
東京都に生まれる。早稲田大学第一文学部を卒業。訳書に『雲の中で散歩』『リチャード・ギア』『マーシャル・ロー』『さらば、ベルリン』『ヘルズ・キッチン』『翼があるなら』『キング・コング』、映画のノベライズ作品に『ヴァージン・フライト』などがある。

編集・デザイン協力
宮田庸子
千葉園子

写真・資料提供
ディズニー パブリッシング ワールドワイド（ジャパン）

ディズニーアニメ小説版 64
ライアンを探《さが》せ！

NDC933　270P　18cm　　2006年11月　初版１刷

作　者　アイリーン・トリンブル
訳　者　しぶや まさこ
発行者　今村　正樹
印刷所　大日本印刷㈱
製本所　DNP製本㈱

発行所　株式会社　偕《かい》　成《せい》　社《しゃ》

〒162-8450　東京都新宿区市谷砂土原町3-5
TEL 03(3260)3221(販売部)
03(3260)3229(編集部)
http://www.kaiseisha.co.jp/

ISBN 4-03-791640-1　Printed in Japan

ディズニーアニメ小説版

ディズニーの話題作が続々登場！

©Disney／Pixar

1 トイ・ストーリー
2 ノートルダムの鐘
3 101匹わんちゃん
4 ライオン・キング
5 アラジン
6 アラジン完結編 盗賊王の伝説
7 ポカホンタス
8 眠れる森の美女
9 ヘラクレス
10 リトル・マーメイド～人魚姫
11 アラジン ジャファーの逆襲
12 美女と野獣
13 白雪姫
14 ダンボ
15 ふしぎの国のアリス
16 ピーター・パン
17 オリバー ニューヨーク子猫物語
18 くまのプーさん クリストファー・ロビンを探せ！
19 ムーラン
20 王様の剣
21 わんわん物語
22 ピノキオ
23 シンデレラ
24 ジャングル・ブック
25 美女と野獣 ベルの素敵なプレゼント
26 バンビ
27 ロビン・フッド
28 バグズ・ライフ
29 トイ・ストーリー2
30 ライオン・キングⅡ
31 ティガームービー プーさんの贈りもの
32 リトル・マーメイドⅡ
33 くまのプーさん プーさんとはちみつ
34 ダイナソー
35 ナイトメアー・ビフォア・クリスマス
36 おしゃれキャット
37 ビアンカの大冒険
38 102（ワン・オー・ツー）
39 ラマになった王様
40 わんわん物語Ⅱ
41 バズ・ライトイヤー 帝王ザーグを倒せ！
42 アトランティス 失われた帝国
43 モンスターズ・インク
44 きつねと猟犬
45 ビアンカの大冒険 ゴールデン・イーグルを救え！
46 シンデレラⅡ
47 ピーター・パン2 ネバーランドの秘密
48 リロ・アンド・スティッチ
49 トレジャー・プラネット
50 ファインディング・ニモ
51 ブラザー・ベア
52 ホーンテッド・マンション
53 くまのプーさん ピグレット・ムービー
54 ミッキー・ドナルド・グーフィーの三銃士
55 Mr.インクレディブル
56 くまのプーさん ルーの楽しい春の日
57 くまのプーさん ザ・ムービー はじめまして、ランピー！
58 くまのプーさん ランピーとぶるぶるオバケ
59 チキン・リトル
60 パイレーツ・オブ・カリビアン 呪われた海賊たち
61 カーズ
62 パイレーツ・オブ・カリビアン デッドマンズ・チェスト
63 バンビ2 森のプリンス
64 ライアンを探せ！

（以下、続刊）

偕《かい》成《せい》社《しゃ》 〒162-8450 東京都新宿区市谷砂土原町3-5 TEL.03-3260-3221／FAX.03-3260-3222
●お近くの書店でお求め下さい。偕成社へ直接注文もできます。e-mail:sales@kaiseisha.co.jp